お父さん、お母さんのことからおかしな出来事まで

子どもは見ている、考えている!

ユーモアいっぱい! 小学生の

増田修治[編著]
Masuda Shuji

PHP

ユーモアいっぱい！ 小学生の「笑える詩」 もくじ

プロローグ●「笑い」が子どもを育てる

1●お父さんはおもしろい

3●おうちでの変な会話

4 いろいろあるよ兄弟姉妹

5●むかついた〜！

6●はずかしかった

7 おかしな出来事

8● 失敗だった！

9 ● 思っていること、言いたいこと

プロローグ

「笑い」が子どもを育てる

1 なぜ「ユーモア詩」を始めたのか

学級崩壊状況からの脱出

ユーモアを中心とした笑える詩のことを私は「ユーモア詩」と呼んでいます。私が「ユーモア詩」に取り組むようになった第一の理由は、「学級崩壊状況」を経験したことです。二〇〇四年三月二十八日付の『読売新聞』埼玉版に、学級崩壊についての記事がのりました。その記事は次のような学級崩壊によって苦しんだ四十九歳の女性教師の物語からはじまっています。

「担任として受け入れられていない」

教師生活二十六年目で初めて味わう屈辱だった。県南部の市立小の女性教諭（四十九）は今年度、自ら進んで学級担任を外れた。前年度に受け持った低学年のクラスで起きた学級崩壊に担任を受け持つ自信がなくなったからだ。

授業中に教科書を開かない、勝手に立ち歩く。自分の姿を見ると逃げ出す児童もいた。クラスが崩壊していくのを見過ごしていたわけではなかった。暴力をふるったり、授業中に教室を抜け出したりする児童たちに「本当はそんな子じゃないのよね」「お母さんが心配するよ」と話しかけた。「わかったよ」。児童たちはうなずいても同じことを繰り返した。無力感と徒労感だけが残った。

「どうしたらよいか分からなかったが、何かせずにはいられなかった」。帰宅後、家事をこなして寝るまでのわずかな時間を惜しんで子供の心理を分析したカウンセリングの本などを読みふけった。

「子供たちを受け入れなくては」。放課後、子供たちと一緒に得意でないサッカーもした。それでも改善の方向へは向かわなかった。「今までの二十六年間はなんだったのだろう」。悔しさばかりが残った。

今年度、担任を持たずに補助にまわったことで、気持ちも少し落ち着いてきた。来年は担任を持ちたいと思っている。「でもまた起きたら」。不安な思いがふと頭をよぎる。「その時は……」。答えの糸口を探す日々はまだ続いている。

そして、実はこのあとに、私へのインタビュー記事が次のように続いています。

「立ち直りのきっかけを見つけた教師もいる」

「今日は何も起こりませんようにと教室に入る前に祈る日々でした」

増田修治教諭（四十六）は少し前に、自分の受け持った四年生のクラスで起きた「学級崩壊」の日々を振り返る。「学級崩壊」という言葉が世間に知られるようになり始めたころのことだ。

授業が始まっても男子児童五、六人が校庭から戻ってこない。探しに行くと校庭の隅で石積みをして遊んでいた。ようやく連れ戻すと女子児童四、五人が教室に置いてあるカセットテープレコーダーで流行歌を鳴らしていた。注意すれば児童たちから「熱血しちゃって」「なに頑張ってるの」と冷たい言葉と視線が浴びせられた。

児童の間ではけんかも絶えなかった。仲裁に入れば「先生はどっちの味方なの」と迫られた。男子児童が女子児童の腹部をけとばす暴力事件も起きた。「暴力はいけないぞ」。注意しても無視された。教室は児童が三つのグループに分かれ、ばらばらになった。

周囲に相談しようとしても「ベテランなのに」という視線を感じて同僚にも苦しさを打ち明けられなかった。不眠症になった。

十月、増田教諭は学級崩壊を立て直すささやかな試みを始めた。「ユーモア詩」だった。増田教諭は悩みぬいた末、〝荒れる子供たち〟には「笑顔」がないことに気づいていた。「おもしろい詩」を書くことを通じて共通の話題を作り、「笑顔」を取り戻せばクラスが変わるかもしれないと考えた。「どんな下らないことでもいいから日々のおもしろいと思ったことを書いてみようよ」。そう呼びかけた。

効果は徐々に表れた。児童たちは、家でパンツをかぶって踊ったこと、温泉で男風呂と女風呂を間違えて入ってしまったことなど、自分の失敗や笑い話を詩に書いてきた。それらを朝の会や帰りの会で読み上げると、児童たちから楽しげな笑い声が沸き上がった。四月以来、初めての経験だった。「あいつ意外とおもしろいじゃん」。本音をさらけ出す詩の活動を通じて子供たち同士が打ち解けてきた。クラスに「笑顔」が少しずつ戻ってきた。

「今の子供たちは大人が思うよりずっと肩ひじ張って生きている。子供たちに飾らない自分を出せるような雰囲気を作ってあげられれば学級崩壊解決につながるかも知れない」

増田教諭が苦しんだ末に見つけた解決の糸口だ。

（板垣茂良　記者）

この新聞記事にあるように、私自身が少し前に、学級崩壊状況を体験したことがありました。本当に苦しい時間でした。試行錯誤の連続でした。そんな時に思い出したのが、学級崩壊を経験する少し前に担任したクラスの子が書いた「お嫁さん」という詩です（次ページ）。

お嫁さん

寺園　晃一郎（四年）

ぼくは、やさしいお嫁さんをもらいます。
友達とお酒を飲みに行った時
こわいお嫁さんは
「今まで何やってたの。
早く風呂に入って寝なさい。」
と言うけど、
やさしいお嫁さんなら
「早く寝なさい。」
だけですむからです。

あと、給料が少なかったら
こわいお嫁さんは
「給料が少ないから、おこづかいへらす。」
と言うけど
やさしいお嫁さんなら
「あら、少なかったのね。」
だけですむからです。
あと、うるさいお嫁さんと
文句を言うお嫁さんも欲しくないです。
うるさいのと文句を言う女は
お母さんだけで十分です。

当時、この詩を学級通信にのせて読みあったところ、子どもたちは大喜びでした。また、クラスの子の親にも好評でした。その楽しかった時間を思い出していく中で、「とりあえず、どんなにくだらないことでもいいから、おもしろいと感じたことを詩にしてもらおう。そのことが、もしかしたら子どもと楽しい時間を取り戻すきっかけになるのではないか？」

と考えたのです。ですから、初めから「ユーモア詩」を書かせようと思って始めた取り組みではなかったのです。つまり、「書いた詩を読むことを通して、私自身がもう一度子どもたちを理解し、同時に子どものありのままを認めることを通して、学級崩壊状況をいくらかでも変えていこう」と考えて始めたことだったのです。

おもしろい詩を書いてもらっていくうちに、学級の中に少しずつその効果が現れていきました。

「おもしろい詩を読んでみんなで笑い合う」↓「それを真似て他の子もおもしろいことを書いてくる」↓「子どもたちに笑顔が生まれてくる」↓「心が開放されることで、おもしろい詩がどんどん生まれてくる」↓「読み合う中で笑い合う」↓「それを真似て他の子もおもしろいことを書いてくる」という連続したつながりが生まれていき、どんどん子どもたちが変化していったのです。

そうした子どもたちの変化を見ていく中で、私は、「子どもたちは笑いたいから、楽しみたいから、学校に来るんだ」ということに改めて気づきました。子どもたちにとっては、笑い合える時間がやはり一番楽しいのです。

学校教育の中で、「笑い」というのは点数になりません。その点数にならない「笑い」を取り入れることで、子どもたちに心のゆとりが生まれていったのです。

その時以来、少し意識して「ユーモアを中心にした詩」を書かせていこうと思うようになりました。これが、私が「ユーモア詩」を始めたきっかけでした。

子どもたちとの感覚のずれ

私は、子どもたちのそういう姿を見て、「ユーモア詩」というのはとても大事な力を持っているし、人と人をつなぎ合わせたり、人の見方を変えていったりする大きな力を持っている、と少しずつ思うようになりました。

そして、その後「ユーモア詩」に本格的に取り組むようになったのですが、そのきっかけになったのは、次の詩に出会ったことでした。

おなら

国広　伸正（四年）

だれだっておならは出る。
大きい音のおならを出す人もいれば
小さい音のおならを出す人もいる。
なぜ、音の大きさが違うのだろう。

きっとおしりの穴の大きさが違うんだ。


私は最初、これを見た時、「つまんないこと書いて」と思いましたが、四年生の子どもたちは、この詩一つで十五分間も笑っていたのです。その時に私は、

「ああっ、大人である私は、子どもの感覚から遠くなっているんだ。子どもがおもしろいとかおかしいと思う感覚から、ずれてきているんだ」

と、ハッと気づいたのです。そして、子どもたちが書いた詩を一緒に笑い合うことを通して、子どもの感覚に近づく努力をしない限り、私は子どもと一緒にうまくやっていけないのではないか、と思ったのです。

子どもとの感覚のずれに気づいた私は、この時から本格的に「ユーモア詩」に取り組むようになっていきました。すると、私自身が予想もしなかったようなおもしろい詩が次々と生まれていったのです。

この本には、そうした取り組みの中から生まれたたくさんの詩（一九九八年四月～二〇〇四年四月）から厳選した二七四編が紹介されています。子どもたちに読み聞かせてみてください。きっと大笑いするに違いありません。

そして、子ども（わが子）ともっともっといい関係を創り出す力にもなるはずです。

子どもたちの自己肯定感の低さ

左の表を見てください。この資料は、二〇〇四年二月に、日本青少年研究所から発表された『高校生の生活と意識に関する調査』から抜き出したものです。この調査は、日本・アメリカ・中国・韓国の四カ国のそれぞれ一〇〇〇人以上の高校生を対象としたアンケート結果をもとに、現代の高校生の生活や意識を様々な角度から比較検証したものです。

この結果を見ると、日本の若者は自分を積極的に評価している割合が非常に少ないことがわかります。「全くそう思う」「まあそう思う」と答えた割合を合計すると、日本が三五・七パーセントに対して、アメリカが八二・七パーセントです。アメリカほどではないにしても、中国や韓国の高校生も、半数近くか、それ以上の子が、自分を積極的に評価しているのです。

つまり、日本の若者は「自己肯定感」(自尊感)が非常に低く、自分に自信が持てない子がたくさんいるということなのです。それはいったいなぜなのでしょうか。

それは、頑張っていい成績を取ったとしても「もっと頑張りなさい」と叱咤激励《しったげきれい》される。できなければできないで、「あなたはダメな子ね」と言われてしまう。どっちにころんでも、「ありのままの自分でいい」というメッセージを受け取ることができないからなのです。

学校を見てみると、「勉強ができる子」「言うことをよく聞く子」「足が速い子」「工作が上手な子」などといった、「評価的に理解する目」が優先されがちです。そのため、そうし

●全体としてみれば、私は自分に満足している

(%)

	日本	アメリカ	中国	韓国
全くそう思う	7.0	40.1	13.7	10.5
まあそう思う	28.7	42.6	41.7	37.2
あまりそう思わない	45.2	7.5	28.0	39.7
全くそう思わない	18.7	2.2	11.8	12.0
無回答	0.4	7.5	4.9	0.7

た学校的価値観にうまくフィットできない子は、結果として自分に対して自己否定感を持つことになります。またできる子でも、「できなくなったら、見捨てられてしまうのではないか」というおそれを持つことになるのです。

今私たちは、子どもたちをもっと「共感的な目」で見つめる必要があるのではないでしょうか。子どもたちの中には、「アイツって、けっこうおもしろいヤツだよなー」という価値観が、意外と重要なものとして存在しています。私はそれを、仲間うちだけで通じることから「私的価値観」と呼んでいます。私は、その「私的価値観」を「公的価値観」に高めていくことで、子どもと教師の関係が変わっていくのではないかと思っているのです。

つまり、「おもしろいヤツだ」という価値観を、学級通信にのせたりみんなで交流したりする中で、「公的価値観」と同じぐらいのレベルにまでもっていく。そういう中で、学校というものが変化していくと思っているのです。

私はすでに述べた通り、ここ最近「ユーモア詩」をたくさ

ん書いてもらっています。子どもたちは日々、大人から見れば「くだらない」と思えるようなことに夢中になったり、考えたりしているものです。そんな、大人から見たらくだらないことであっても、「それはおもしろいよね」と認めてやることで、「自分の感じていることや考えていることは、間違いではないんだ」と思えるようになるのです。

私は、そうした積み重ねが子どもの「自己肯定感」を育てていくと思っています。

2 拒食症の教え子

私が五年、六年と連続して担任した康子（仮名）は、目がクリクリッとしていて、見るからに利発そうなしっかりした子でした。その康子が高校に入学しました。地域で一番の進学校でした。両親ともに大喜びしたのは、言うまでもありません。

康子が入学して間もなくのことです。同じクラスの男の子に、「お前って、太っているよな」と言われたことがきっかけで、拒食症になってしまいました。過食と拒食を繰り返し、しだいにやせていき、ついに体重が二十キロを切ってしまいました。「命に危険がある」ということで、緊急入院になりました。

私はそれを聞いて、すぐさまその病院に駆けつけました。ベッドに横たわっている康子を見た時、私は自分の目を疑ってしまいました。そこには、頰《ほお》がこけ、青白い顔を通り越

して、ろうそくのような白い顔をした康子がいました。私は涙が出そうになるのをこらえながら、

「康子、聞いていたより元気そうじゃないか！」

と言って無理やり笑顔をつくりました。

康子は、私を見るとゆっくりと起きあがり、

「先生、こんなになっちゃった。ごめんね！」

と小さく笑いながら言いました。

「いいんだよ。あやまらなくても。とにかく、心配だったから見に来たんだから……。生きてさえいてくれれば、いいんだよ」

そう声をかけるしかありませんでした。

その日は、それで帰りました。その後、私は一週間に一度のペースでお見舞いを続けました。治療の効果があり、少しずつ顔色に赤みがさし、元気を取り戻していくのが、私の目にもはっきりとわかりました。結局、康子は一カ月半ほどの入院治療をしたあと、無事に退院することができました。

つい最近のことです。康子から、「先生、話があるから会ってくれない？　電話じゃなくて、直接会って報告したいことがあるんだ」と、電話がありました。

私は、さっそく待ち合わせの喫茶店に行ってみました。すると、康子の隣に少し細めの

三十歳前後の男性が座っていました。見るからに目のやさしそうな男性でした。

「先生、今度結婚するんだ、私。この隣の人と」

「おめでとう。よかったな」

「ありがとう、先生」

私は、その男性と少し話をしました。康子が一時期、拒食症だったことを知ったうえで結婚すると聞いて、安心しました。

その後、康子と様々な話をしました。「拒食症になってしまったのは、直接は男の子の一言だったけど、本当は大人になりたくない自分がいたこと」「両親の期待にこたえる形で頑張ってきたけど、もう頑張れないなと思っていたこと」「両親からは『大学へ行ってほしい』と泣いて頼まれたけど、私は大好きな美容師になるために専門学校に行くことにしたこと」「苦労したけど、美容師になってよかったこと」などを、切々と語ってくれたのです。

康子はどうやら、自分の気持ちを隠して親の言う通りに生きている自分を変えたかったようなのです。だからあえて、親の反対する専門学校に行ったようでした。

親の期待に添って生きてきた子どもたちは、どこかで、「このままでいいのかな?」という思いを持ち続けています。康子は、その思いを拒食症という形で表現するしかなかったのです。

私は、康子の担任をしていた時、「手のかからないしっかりした子だ」と思い込んでいました。でも、そうした「手のかからないように見える子」の中にこそ、「本当の自分を取り戻したい」という思いが強く存在しているのかもしれないと思ったのです。そして、「本当の自分を取り戻す働きかけを、小学校のうちからしていく必要があるのではないか？ その方法の一つとして、私の取り組んでいる『ユーモア詩』は有効なのではないか？」と改めて思うことができました。

3 心療内科医の言葉

そうは言っても、本当にそうなのかどうか、わからなかった私は、知り合いの心療内科医に今まで書いた本を渡し、読んでもらいました。すると、次のような感想が届きました。


先日は、ご著書を贈呈くださり、ありがとうございました。拝読させていただいた感想を書かせていただきます。

まず、全体として、詩を学童に楽しくお使いになっておられる方向性に賛同いたしました。子供が生き生きと書いている雰囲気が感じられ、嬉しくなりますし、安心いたします。

心療内科をやっていて痛感していますのは、学童の頃にいわゆる「いい子」で育ってしまった人に、将来問題がでてくることが少なくないことなのですが、その一因として学校での「よい答え」や「よい作文」の慣習があるように思っております。そういう点で、「よい答え」を求めないで自然にやることも重要だと感じております。そして、作文というのはどうしても文章が長いので、自然なことやストレートな気持ちを書きにくいという傾向が強いのに対し、「詩」はストレートな感情表現がしやすいものだと思います。

題材として書かれることの多い親にとっても、よい勉強になると思います。子供が書くことにいちいち目くじらをたてるのではなく、「うちの子供が書いた詩はおもしろい、生き生きしていてよいな。その主人公に自分が登場しているならよいか」と思える余裕やユーモアが親にも身についていくとしたら、これは広くいえば日本改革のひとつでしょう。改革というのは、政治だけがやるものではなく、このように生活の中から、地域の中からおこるものも大事であると思います。

また、先生が、下級生の頃に下品なことを押さえずに口に出したり、書けたりすることもそのためのひとつの要因であるとお考えの点は、検討に値する視点だと思います。そのへんのところを、先生のような上品な方がうまくやっていければよいのではないでしょうか。まさに、先生の人間性や人格が勝負になるところで、かなり教育者の難しいけれども大事なところのように思います。

この「自由な詩」を通して、子供たちの感性が輝き、自分は自分という個性が輝いてくれれば本当に素晴らしいと思います。先生の詩を通しての活動が今後も自然に継続していくことができますよう、お祈りいたしております。

簡単ではありますが、感想を述べさせていただきました。


私は、この感想を読んでうれしくなりました。これほど私の心情にぴったりの感想はなかったからです。また、私のやっている「ユーモア詩」が子どもの心を育てる力になることが、改めてわかったからです。

この心療内科医が書いているように、「学童の頃にいわゆる『いい子』で育ってしまった人に、将来問題がでてくることが少なくない」という部分は、現場で教師をしている私の実感にぴったりきましたし、「これは広くいえば日本改革のひとつでしょう」というのは、跳び上がるほどうれしい言葉でした。

教室の子どもたちを見ていて感じることは、「ユーモア詩」を通して自分の本音を語れるようになっていくにつれて、表情がどんどん変化していくことです。明るくイキイキした表情に変化していくのです。そうした実感ともぴったり重なる感想でした。

4 「承認不足」の急増

「いい子」症候群

少し前のことです。埼玉の教師の研究会で、「低学年の子どもたちの問題」が話し合われました。その時に、校舎の屋上から飛び降りようとした一年生男子の事例が報告されました。

一年生に入学して二カ月ほど経ったある日のことです。その子は算数のテストで八〇点を取ったのですが、その点数を目にしたとたん、「ウワ〜」と大声を出して廊下に飛び出しました。そして非常階段を駆け上ると、「死んでやる〜！」とわめいて、三階の非常階段の踊り場から飛び降りようとしたのです。必死で止めた担任の先生が、落ち着いた頃を見計らって理由を尋ねたそうです。すると、

「僕は、お母さんのためにも一〇〇点を取らないといけないんだ。八〇点なんて悪い点数、お母さんに見せられない」

と言ったそうです。こうした例は極端かもしれませんが、小学一年生のうちから、点数にこだわる子どもが増えてきているのは確かなようです。

子どもは、親の「関心」と「無条件の承認」がなければ、安心できないのです。どれだ

け親から愛情を与えられようと、それが条件付きである時、子どもはその愛を失ってしまう不安に常におびえ、愛情の提供を受け続けようと必死になります。

現在の日本の子どもは、程度の差はありますが、自己尊厳の危うさを抱えて生きています。「自分のような者が、ここにいていいのでしょうか?」という気分を常に引きずりながら生きているのです。また、親や友人など、他者からの承認を得ようと必死になっているのです。

私は同時に、現代の親自身も「承認不足」の感情を抱えながら生きているのではないか、と思えて仕方がありません。今までは「学歴＝いい人生」という価値観が中心となっており、その価値観に寄りかかっていれば安心だったのです。ところが、高度成長期が終わり、モノが飽和した社会になると、価値観は無数になるのです。仕事においても、いつリストラされるかわからない状況で、その無数になった価値観の中で、親自身も翻弄《ほんろう》されているのではないでしょうか。

そのため、親は自分の「承認不足」を子どもを通して満たそうとする。その結果、子どもは「いい子」にならざるを得なくなるのです。

しかし、親の言うことを聞くそうした「いい子」が、そのまま続くケースは稀《まれ》です。小学校の四年生ぐらいからを前思春期と言いますが、その頃になると、少しずつ自我に目覚め、「自分の本当の気持ち」を模索するようになります。その時に、「本当にこれでいいのだろうか?」」と考えるようになるのです。そして、等身大の自分を取り戻そうとするのです。

その時に親の壁が高かったら、それを壊そうとして子どもはより大きなエネルギーを発揮するようになります。これが、「まじめないい子の爆発」につながるのです。

正反対の価値観が氾濫する社会

私は前節で、「価値観が無数になっている」と書きましたが、その価値観は、実は矛盾したメッセージの形をとっています。

「人と仲良くしろ」――「でも、○○ちゃんには負けるな」

「いい学校に入らないと幸せになれない」――「でもいい学校に入ったからといって幸せになれるとは限らない」

「今どきの女性はキャリアが大切であり、男に負けないように頑張らないといけない」――「でもかわいい女でなくてはいけない」

「しっかり食べて丈夫な身体をつくるべきだ」――「でも体重は軽いほうがよい」

こういった正反対のメッセージが氾濫しているのです。それらのメッセージが、私たちに非常に強い力で迫ってきます。でもよくよく考えてみると、どれもが〝オモチャ〟のピストルです。その〝オモチャ〟に真剣におびえ、それに対して几帳面《きちょうめん》なほど対応しているのが、現状なのではないでしょうか。

では、どうしてそれほどたくさんの価値観に翻弄されてしまうのでしょうか。それは、それぞれのメッセージがマスコミや周囲の人々などを介して伝わることで、それを達成することが「親の承認」の代わりになってしまうからです。

どのメッセージも、本物であると同時にニセモノでもあるのです。だからこそ、そうしたたくさんの価値観からうまく距離を取り、はりのある生活を送ると同時に、ある程度脱力して生活していくことが大切なのです。その「脱力」の効果が一番高いのが、私は「ユーモア」だと思っています。

5 笑い合える家庭を

子どもたちのユーモアは、本当に天性のものではないかと思うことがあります。

最近の研究では、胎児の頃から笑いの遺伝子があることがわかってきています。子どもたちは、どの子も笑うことが大好きです。私は、子どもたちのそんな笑顔を見るために「ユーモア詩」に取り組んでいると言ってもいいかもしれません。

この本にのせた子どもたちの「ユーモア詩」は、ほんのちょっとした生活の出来事を題材にしています。その詩をよく読んでみると、「人間には、いろいろな人がいるんだよ。そして、一人ひとりが、かけがえのないユニークさを持っているんだよね」というメッセージを受け取ることができます。

そうした目で見れば、わが子のおもしろさやユニークさがきっと見えてくるはずです。そうすれば、わが子との新しい関係を創り出していくことができるはずです。

親のみなさんには、うんと肩の力を抜いて子育てをしてほしいと思います。そのためにも、子どもとうんと笑い合ってほしいのです。笑い合えば、力が抜け、会話がはずむはずです。そんな会話を家庭の中でたくさんしてほしいと思います。

この本が、そんな笑いのある家庭を創り出す一助になれば、こんなにうれしいことはありません。

すべての子が、イキイキと笑える社会になってほしいと切実に願っているこの頃です。

1

お父さんはおもしろい

お父さんの頭の中

上村　卓也（五年）

テレビを見ていると、
お父さんが急に、
「野球を見せて。」
と言ったので、
「やだ。」
と言った。
それなのに
無理にチャンネルを回された。
しょうがないので、
お姉さんの部屋で見ることにした。
頭の中には、
野球しかないのかと思いました。

＊　＊　＊　＊　＊　＊　＊　＊　＊　＊　＊　＊　＊　＊　＊　＊

おならジェット

佐々木　健（五年）

うちのお父さんはすごい。
いすにすわって
立とうとするときに、
おならを出しながら立ちます。
ぼくはこれを、
「おならジェット」
とよんでいます。
お父さんは、
おならの天才です。

にやつくお父さん

東　宇宙（五年）

このごろ巨人は勝てない。

今日もテレビで巨人が逆転された。

ダメだ、こりゃ！

ぼくのお父さんは巨人のファンで、
高橋とかゴジラ松井が
ホームランを打つと、
「よっしゃー、いいぞ、いいぞー！」
とうるさいほどさけびます。
その声は
となりの家まで聞こえるらしく、
次の日、
「にぎやかだったねー。」
と言われます。
お母さんは、
お父さんが大声でさけぶと、
「うるさいよ。静かにして！」
といつも言います。

巨人が負けるとそのショックで
お父さんはすぐにチャンネルをまわします。

そしてお母さんに、

「うっへへー」

とにやつきます。

お父さんは子ども？

東山　直輝（五年）

遠足のお菓子を買いに行った。
桜大根
マシュマロ
ふがし
あめ玉
ラムネ
きなこぼうを買った。

家に帰ったらお母さんが、

「何を買ったの？」

と聞いてきたので見せた。

そしたらお父さんが、

「これ食べよう！」

と桜大根を取り出した。

ぼくのお菓子なのに、

「なつかしいね〜！　食べるか。」

と言って本当に食べようとした。

「遠足のお菓子だよ！」

とどなった。

そしたらお父さんは、

「かんべんしてよ〜、
お父さんはこれが好きなんだから
遠足に持っていくなよー。」

と言って一人で
ごちゃごちゃ言っている。

ぼくは、

「お父さんは子どもか！」

と言ってやった。

お父さんの攻撃

丸山　毅（五年）

夜になって、
妹がお父さんにつっこんでいった。
甘えたいみたいだ。
それからお父さんの攻撃がはじまった。
まずくすぐり攻撃。
妹は大笑いしていた。
次に妹をつかまえて、
自分のあごをすりすりした。
とてもいたそうな、くすぐったいような…。
妹は笑いながら、
「いたーい！」
とさけんでいた。
とどめは妹を持ち上げて、
さかさまにしてふりまわしていた。
妹はまだ笑っていた。
おそろしい。

＊　＊　＊　＊　＊　＊　＊　＊　＊　＊　＊　＊　＊　＊　＊　＊

大きな間違い

東　宇宙（六年）

お父さんがヒゲをそったあと、
ニベアをぬっていた。
そして、
「う～ん、ニベアをぬると、
二十代になるな～。」
と言った。
だからぼくとお母さんが、
ふりむいて顔を見た。
やっぱり四十の顔だった。
「それはキツイよー。」
と言ったら、
「じゃー、三十代。」
と言ったので、
ぼくたちは無視した。
お父さん
大きな間違いだよ。

お父さんがこうふんすると…

仁科　裕美（六年）

タッキーと松嶋菜々子が出ている
『魔女の条件』をお父さんと見た。
その日にはタッキーと松嶋が
キスをする場面があった。
するとお父さんがいきなり、
「このやろおー！」
と言って私の頭をぶってきた。
「なんだよ！」
とお父さんを見ると、
お父さんは顔が少し赤くなっていた。
だから私は、
「三十八才のおやじが
こーふんしてんじゃねーよ！」
と言ってやった。

また松嶋とタッキーが抱き合ったりすると、
「このやろおー！」
と笑いながらまたぶってきたから
またあたしが
「さっきから言ってるんだけど、
三十八才のおじさんが
こーふんしないで下さい。」
と言ってやった。
その後もお父さんはあたしをぶち続けた。
ハア～。

こりないお父さん

佐藤　綾花（六年）

小さい子は、
こわい話をするとすぐに泣く。
妹が小さい時お父さんがからかって、
桃太郎の話をわざとこわく言った。
「むかーしむかーし、ある所に
おじーさんと…。」
と言うと妹はこわがって逃げる。

その他にも妹が寝るとき、

「お話してー。」

と言ったときに
浦島太郎の話をこわく言ったら、

「モー、こわい。やめてよねー！」

と言われて、

「わかったよー。」

と言っていた。

それなのに今もまだ、

「むかーしむかし…。」

と話して妹におこられている。

お父さんはこりない人だ。

タバコ

上野　諒（六年）

ぼくはタバコのにおいが大きらいです。
なのにお父さんは、
タバコをやめません。
「タバコは毒のかんづめだよ。」
と言っても効果ゼロ。
「せめて川や道にポイすてしないで！」
と言っても、
「魚に吸わしてあげたいんだよ。」
と言ってくる。
タバコをやめさせる特効薬は
なんだろう？
ハ〜、いやだな〜。
吸うなら
マナーを守り
他の人の迷惑を考えて
吸って欲しいな。

＊　＊　＊　＊　＊　＊　＊　＊　＊　＊　＊　＊　＊　＊　＊

郷ひろみ？

東山　直輝（六年）

お父さんが最近、
郷ひろみの歌をうたっている。
しかもただうたっているだけじゃない。
かっこつけた声で
まねをしているようだ。
一人でお風呂の中で
体を洗いながらうたっている。
しかもお父さんのは、
「アーチーチー、アーチーチー」
と最後のチーが一つ多い。
お父さん、
それでも郷ひろみ？

お父さんのだまし

床嶋　絵理（六年）

私がお父さんに、

「お父さん。」

と言ったら
「なに？」

と返事が返ってきた。

だから私は、

「ブー！」

と言ってしまった。

お父さんはそれを聞いて、

「来月のおこづかいはへらすからな。」

と言ってきた。

「なんかお父さんに悪いことしたな。」

と思ったので、

「お父さん、ゴメン。」

と言った。

しばらくしてお父さんが、

「絵理ちゃん。」

と言ってきたので、

「なに？」

と言ったら、

「ブー！」

とお父さんが言ってきた。

お父さんのイジワル！

パパのヘンタイ

歌田　ひかる（仮名・四年）

私がテレビを見ていたら、
妹が
「ひかる、早く来て。
パパが…。」
と言ってきたので、
急いで行きました。
そしたらパパが、
「わっ！」
と言ったので
おどろきました。

そのパパを見ると、
ママのパンツをかぶっていました。
そしてママが、
「キャー、何してんの？
返して！」
と言って、パパがおこられました。
どうしてそんなことやるのかなー？
と思います。

メリーさん

江口　響子（四年）

メリーさんとは、
お父さんのあだ名です。
お父さんは
ひつじ年のおひつじ座で
ひつじの前髪をしています。
お姉ちゃんが
お父さんのことを
クラスの子に言ったら、
「それじゃあ、メリーさんだね。」
と言ったので
それ以来お父さんのあだ名は
メリーさんになりました。
お父さんが帰ってくると、
「お帰り、メリーさん。」
と言います。

私はこの
「メリーさん」というあだ名は
お父さんにぴったりだと思います。

調子がよすぎるお父さん

松原　美里（四年）

この前お父さんとウノをした。

どんどんやっていくと、
すごくはまる。

そして私が、

「ウノ。」

と言ったらお父さんが、

「うそだ〜、うそだ〜。」

と言った。

そしてお父さんがカードを出した。

たまたま同じ色だったので勝った。

「やったー、勝ったー。」

と言ってたらお父さんが、

「しょうがない。

もう一回やってやろう。」

と言った。

私が「やって。」とも言っていないのに、
お父さんが勝手にはじめた。

次はお父さんが勝った。

私が、

「もう一回やってー。」

と言ったら、

「もうつかれたからダメ！」

と言った。

調子がよすぎるよ。

お父さんの足

有馬　良太（四年）

お父さんは仕事から帰ってきて、

「良太、足がくさいぞ！」

とたまに言う。

ぼくは、

「違うよ！」

と言う。

次には弟に言う。

弟は、

「お父さんじゃないの？」

と言う。

するとお父さんは、

「そうか～。」

と言いながら、
自分の足のにおいをかぎます。

そしたら
「私です！」

と言います。

なんか足のくささを
人のせいにしようとしています。

お父さんの歌

佐々木　瞳（四年）

私のお父さんは、
よっぱらうと、
すぐに歌をうたう。
しかもいつも同じ歌ばかりだ。
変な歌で、
途中までしかうたえない。
そして、
うたえなくなると、
「ルルルルル…。」
という歌になる。
どうせうたうなら、
最後までうたって欲しい。

＊　＊　＊　＊　＊　＊　＊　＊　＊　＊　＊　＊　＊　＊　＊　＊

ノーパン？

青木　亜梨菜（四年）

私はパパとなほかと
ワクワクドームのプールに行った。

そしてプールで遊んだあと、
着替え終わって帰ろうとしたら、

「パンツ持ってくるの忘れちゃった。」

とパパが言った。

そして家に帰ってパパは、

「今日はノーパンだぞ！」

とママに言っていた。

そしたらママは、

「きたなーい！」

と言った。

サイバーチェンジ!

小久保　茜（四年）

うちのお父さんは、
朝仕事に行く時、
いつも
「サイバーチェンジ!」
と言っている。
でもだれも相手にしないから、
何度もやる。
そうすると
4才の妹のまきが
まねをする。

＊　＊　＊　＊　＊　＊　＊　＊　＊　＊　＊　＊　＊　＊　＊　＊

お父さん

江口　響子（四年）

私のお父さんはすぐ寝る。
お母さんにおこられそうになると寝る。
お金の話になると寝る。
いやな雰囲気になると寝る。
まるでカメがこうらに入るように寝る。

お父さんの武器は、
『寝る』しかないのだ。

お父さんのおなら

清水　早珠（三年）

私のお父さんはおならをすると、
だれかのせいにします。

「プーッ。」

「だれがおならした。あ、くせー。」

と言います。

自分がやったとわかっています。

なのに言います。

弟は
「だ～ね。」

と意味のわからないことを言います。

そのままお父さんは
ねてしまいました。

私がねてる時また、

「プーッ。」

と音がした。

またお父さんだった。

＊　＊　＊　＊　＊　＊　＊　＊　＊　＊　＊　＊　＊　＊　＊

お父さんのスカートめくり

高野　敦美（三年）

私のお父さんはいつも
夜ふざけます。
おふろに入る時も
赤ちゃんのおもちゃとかで
私と二人で遊んで
ふざけています。

お父さんが
ちょっとよっぱらうと、
私が宿題の百問テストを
やっているのに、
お母さんのスカートめくりをして
気をそっちに向けさせます。
するとお母さんが
「やーん、やめて！」
と言います。

お父さんはいじわる

大島　優衣（三年）

私のお父さんは
いじわるです。
それは
「ゆい、おしりになんかついてない？」
と言うので見ようとすると、
私の手をとって
おしりにつけて
おならをします。
だから私は
おこってぶちます。

＊　＊　＊　＊　＊　＊　＊　＊　＊　＊　＊　＊　＊　＊　＊　＊

チカン？

高野　敦美（三年）

学校から帰ってくると、
お母さんが
「早くお風呂に入って！
先に入ってるから…。」
と言った。
私はすぐにお風呂に入った。
お母さんと私が
お風呂に入っていたら、
お母さんが
「キャー！　へんたーい！
チカン！」
といきなり言った。
お風呂のドアを見ると、
そこにはお父さんがいて
ジロジロと見ていた。
お父さんってチカン？

変なお父さん

菊田　歩（三年）

この前私がねようとしていたら、
お母さんが
「歩、ちょっと来て。」
と言いました。
そうしたらお父さんが
お母さんのブラジャーを
Tシャツの上から
していました。
お母さんが
「なんでブラジャーしてるの？」
と聞きました。
そしたらお父さんが
「だって落ちていたんだもん。」
と言いました。
お母さんが
「返して。」
と言ったらお父さんは
「なんで？」
と言いました。

お母さんがお父さんから
ブラジャーを取り上げたら
お父さんが
「ちぇ」という顔で寝ました。
私は
「なぜお母さんのブラジャーを
したのだろう。
やりたかったのかな？」
と思いました。

お父さんのあやしいけつ

佐藤　大吾（三年）

ぼくは、
ホテルの温泉に行きました。
お父さんがはだかで
冷たいお風呂で
飛び込みをしていました。
お父さんは
けつをふって
バタ足をしていました。
ぼくがけつをよく見てみると、
けつから長い毛が
モジャモジャ出ていました。
ぼくは
「あやしいけつだな。」
と思いました。

＊　＊　＊　＊　＊　＊　＊　＊　＊　＊　＊　＊　＊　＊　＊

お父さんはズルイ？

熱田　将（四年）

お父さんはふだん家にいません。
でもたまに
休みにゲームをしてくれます。
そのときに
ぼくがゲームで負けました。
お父さんは
いい気になっていました。
ぼくは次の日、
そのゲームに勝ちました。
お父さんは
「ちきしょ～。
こんなゲームこわしちゃえ！」
と変なことを言い始めました。
お父さんってズルイ！

詩のまねをしたお父さん

高野　敦美（四年）

この前あゆみちゃんが
「先生のゆめ」という詩を書いた。
それを読んだお父さんが
いきなりパンツをさげて
おしりを出した。
お父さんのおしりを見ると、
そこからなんと
モジャモジャの毛がはえていた。

そのおしりをつきだし
お母さんの所へつっこんだ。
するとお母さんが、
「やだ～、へんたーい！
キャ～！」
と言ってにげた。
でもお父さんが
あとをおった。
お父さんってバカだな。
すぐに変なことを
やるんだもん！

＊「先生のゆめ」という詩は229ページに掲載しています。

巨人が負けると…

吉田　悠平（四年）

ぼくの家族は
巨人のファンです。

特に松井のファンです。

松井とかがホームランを打つと、

「よっしゃー！」

と言います。

だけど巨人が負けると、

「あー、また負けた！」

とか
「今年の巨人はダメだな。」

と言います。

そしてぼくに
「早くねろ！」

とあたってきます。

ほかのお父さんは
どうなんだろう？

＊　＊　＊　＊　＊　＊　＊　＊　＊　＊　＊　＊　＊　＊　＊　＊

プロジェクトX

有馬　英治（四年）

今日お父さんが、
『プロジェクトX』を見ていた。
お父さんは、
毎週毎週見ている。
そして見終わると、
「いい仕事してるなー。」
とひとりごとを言っている。
それに見終わるといつも
「泣けるなー！」
と言っている。
そんなにおもしろいのかな？

モテモテパパ？

関口　富久美（四年）

うちのパパに
「パパって中学校の時モテモテ？」
と聞きました。
そしたらパパは、
「そりゃ～モテモテだったし、
中学校の時彼女もいたし、
もうスーパースターだよ。」
と言った。
「うそでしょ。」
と言ったけど
「本当だよ。」
と言った。
パパはうそが得意だなぁ～。
そばにいたママが、
「パパは大うそつきだよ。」
と言った。
家族にもよくうそをつくから
うそをつかれないように
気をつけようと思う。

お母さんだけで十分？

飯倉　仙一（四年）

今年の元旦の日
お父さんだけ
年賀状を書いてなかった。
見るとダラダラノンビリしていたので、
お母さんが
「年賀状を書きなさい！」
と言った。
でもそれでも
なかなか書かなかったので、
僕が
「年賀状を書きなさい！」
と言った。
そしたらお父さんは、
「うるさいのはお母さんだけで十分です！」
と言った。

そのあと仕方なく
パソコンで年賀状をはじめた。
「やっとはじめたか、フ～。」
とぼくはため息をついた。

お父さんのおしんこ!?

石井　裕梨（四年）

夜ごはんの時
私がプールから帰って
「おなかすいたー。ごはんは？」
と聞きました。
そしたら
「今作っているよ。」
とお母さんが言いました。
しばらくしてできたけど
おしんこがありませんでした。
「お母さん、おしんこは？」
と聞いたらお父さんが、
「お父さんのオチンチンじゃだめ？」
と聞いてきました。
私は心の中で
「バカじゃないの？」
と思いました。

＊　＊　＊　＊　＊　＊　＊　＊　＊　＊　＊　＊　＊　＊　＊

お風呂から出ると

坂江　周平（三年）

お父さんは
お風呂から出ると
タオルでふく。
ふくのはいいけど、
なんとおしりの穴まで
ふいている。
しかもお母さんのタオルで
ふいている。
ぼくは、
「きたなーい。」
と思った。

お父さんのビール

布谷　香央理（三年）

私のお父さんは、
ビールが好きです。
だから私の家には
いつもビールがあります。
でもそれがなくなると、
家族でお買い物に行くのを待って
こっそりビールを買います。

買い物カゴにこっそりとビールを入れ
その上に魚や肉など大きなものをのせます。
知らないふりをするけど
すぐに見つかります。
だからお母さんに
「勝手に買わないでよ！」
とおこられます。

でもさいごには買ってもらえるので、
れいぞうこには
ビールがいつもおいてあります。

でもせっかく買ってもらっても
次の朝には机の上に
ビールのカンが3本ぐらいあります。
もっと大事にのめないのかな？

お父さんはうるさい

福島　康弘（三年）

お父さんはサッカーの試合を
家で見ている時に
シュートをはずすとなぜか
「なにやってんだよ。
もっと低めにしろよ！」
とおこりながら
アドバイスをする。
そんな時は
お酒をのんでいる時だ。
よっぱらってうるさいのかな？

＊　＊　＊　＊　＊　＊　＊　＊　＊　＊　＊　＊　＊　＊　＊　＊

ウルトラマン

比留間　直輝（三年）

ぼくのお父さんは
おこった時に
ふつうのおこり方をしない。
「シュワッチ」って言ってから
おこりはじめる。
すごくウルトラマンににている。
おこられているのに
「シュワッチ」って言うから
全然おこられている気がしません。

2

ちょっとまぬけなお母さん

こわれた水そう

東　宇宙（五年）

きのうお母さんが、
友達のしょうへい君の水そうをこわした。
車の前に水そうがあるのに気がつかないで、
車でひいてしまった。

お母さんは昔から、
車で物をこわす名人だ。
三輪車や自転車などもこわした。
しょうへい君のお母さんに
この話をしたら、
「またか…。」
と言っていた。

＊　＊　＊　＊　＊　＊　＊　＊　＊　＊　＊　＊　＊　＊　＊　＊

シートベルト

上村　卓也（五年）

車に乗っていたら、
お母さんが、
「シートベルトがとどかない。」
と言ったので見てみた。
するととなりの人の
シートベルトをつかんで
ひっぱっていた。
ぼくが、
「それ、運転手側のシートベルトだよ。」
と言ってみんなで大笑いした。
とってもドジなお母さんだった。

知らない人に声をかけたお母さん

東　宇宙（五年）

お母さんが
友達のお母さんと買い物に行った。
買い物で服を買おうと思って
さがしていたら
とても安い服があった。
「わー、安い。これ買おう！」
と、となりにいるはずの
友達のお母さんに言ったつもりが、
なんと知らないおばさんだった。
お母さんは目がテンになってしまった。
知らないおばさんは話をあわせてくれて
「本当に安いですねー。」
と言ってくれた。
あとでその話を
友達のお母さんにしたら
涙を流して笑っていたそうだ。

＊　＊　＊　＊　＊　＊　＊　＊　＊　＊　＊　＊　＊　＊　＊　＊

お母さんのにらみ

佐藤　綾花（五年）

私が遠足のおかしを買ってきた。
それをお母さんに見せたら、
お母さんは
自分が好きなおかしを探しはじめた。
好きなおかしを見つけたので、
「これ、お母さんの？」
と聞いてきた。
私が、
「ちがう！」
と言うとすごい目でにらんできた。
お母さんのにらみは
最強だ！

泣いたお母さん

東　宇宙（五年）

土曜日の夜に
安部ちゃんといっしょに
ぼくの家で遊んでいた。
台所でお母さんが、
「あー、もうだめだー！」
と一人でうなった。
ぼくたちが知らん顔していたら、
「ウェーン、ウェーン。」
と泣き出した。
ふりかえって見たら、
「アンタたちが言うこと聞かないから
涙が出るのよー。」
と言って泣いていた。
それを見た安部ちゃんが、
「あっ、玉ネギを切っていたんでしょう。」
とするどく言った。

お母さんは、
「やっぱりわかった？」
と言って台所にもどっていった。

でも泣いた顔を見られて
お母さんははずかしくないのかな？

お母さんのアゴ

佐藤　綾花（五年）

お母さんは口をあけただけで
アゴが「ガクッ!」となる。
医者に行くと、
「肩からきている。」
と言われた。
お母さんは最近
お絵かきロジックというパズルに
はまっている。
お母さんは、
「お絵かきロジックのやりすぎかしら?」
と言っている。
その通りだと思う。
いいかげん、もうやめたら?

＊　＊　＊　＊　＊　＊　＊　＊　＊　＊　＊　＊　＊　＊　＊　＊

スキあり

上村　卓也（五年）

朝ごはんを食べている時、
呼んでもいないのにお母さんがきた。

お母さんが、

「私、どうしてここに来たんだろう?」

と言ったのでボケたのかと思った。

その時にお母さんは、

「やばい、また詩ノートに書かれちゃう。」

と言った。

ぼくは、

「スキあり!」

と思った。

お母さんのなみだ

佐藤　綾花（六年）

お母さんはすごくなみだもろい。
全然悲しくないテレビを見ても
目からなみだを流す。
それから、
「このテレビ悲しいね。」
とか言う。
今日なんか
『みにくいアヒルの子』を見て
泣いていた。
3回ぐらい泣いていた。
うちのお母さんは、
一番なみだもろいと思う。

＊　＊　＊　＊　＊　＊　＊　＊　＊　＊　＊　＊　＊　＊　＊　＊

お母さんのため息

東　宇宙（六年）

ぼくの修学旅行は
6月3・4日。
お姉ちゃんの修学旅行は、
6月5・6・7日。
お母さんはその行く日を見て、
「あ～、
1日でも重なった日があったら
良かったのにな～。」
と言った。
「なぜ？」
と聞いたら、
「子どものいない夜は
フィーバーしたかったのに…。」
とつぶやいた。
ざ・ん・ね・ん・でした！

お母さんのボケ

上村　卓也（六年）

うちのお母さんのボケが
またはじまった。
トイレットペーパーを
買いにいったのに、
「こっちの方が安い。」
と言って、
キッチンペーパーを
買ってしまった。

お母さんのボケは
まだまだ続きそうである。

＊　＊　＊　＊　＊　＊　＊　＊　＊　＊　＊　＊　＊　＊　＊　＊

お母さんのドジ

松原　美里（四年）

このあいだ
おばあちゃんちに行った。
おばあちゃんちのトイレには
スリッパがある。
お母さんがトイレに入って
出てきた。
次におばあちゃんが
トイレに入った。
「あらやだ〜！
またトイレのスリッパ
どっかにやっちゃったわ〜。」
と言って出てきた。
よく見たら
お母さんがスリッパをはいていた。
「いや〜、どうしよ〜。」
とお母さんは笑っていた。

お母さんが「なぐる」と言った

石井　裕之（四年）

ぼくが
お母さんの近くにいくと
あと十センチで抜かせることがわかった。

そしたらお母さんが、

「背を抜かしたらなぐる！」

と言った。

だからぼくが、

「じゃあ、逆に小さくなったら…？」

と聞いた。

すると今度は、

「つぶしてやる！」

と言った。

ぼくは
どうすればいいのか
わからなくなった。

＊　＊　＊　＊　＊　＊　＊　＊　＊　＊　＊　＊　＊　＊　＊　＊

ぼくのお母さんは

和智　海人（四年）

ぼくのお母さんは、
短気で短足です。
ぼくもそうだけど…。

お母さんは
ソフトボールをやっています。
けっこううまいけど
やっぱり短気で短足です。

お母さんはホントに
た・ん・き
た・ん・そ・く。

学年レク

陣野　綾（四年）

六月十七日に
学年レクがあった。
とび箱をやったり、
大なわをやったりした。
私は楽しかった。
それで家に帰った。
お母さんは、
「つかれた〜。」
と言っていた。
次の日、
お母さんは筋肉痛になっていた。

＊　＊　＊　＊　＊　＊　＊　＊　＊　＊　＊　＊　＊　＊　＊　＊

5%はあまい！

杉山　優花（四年）

私のお母さんは
半額が大好きです。

ライフで夕方に買うときなんか
店員さんが、

「半額です、半額です、半額です…。」

と言い続けるので、

「つかれないのかな？」

とよく思います。

この前テレビで男の人が、

「毎日5%引きで買ってます。」

と言ったのでお母さんが私に、

「5%じゃ、まだまだ甘いわね！

半額じゃなきゃ！」

と言いました。

スッピン

卯木　彩乃（四年）

こないだママが
弟の友だちの家に行く前に、
お化粧をしていた。
だから私は、
「こんな時だけでも
お化粧するの？」
と聞いた。
そしたら、
「外に出る時は
だいたいお化粧するわよ。
あっ、でも
しない時もあるか？」
と言った。
そのあとママは、
「でもスッピンの時に限って、
知り合いに会っちゃうんだよなー。」
と言った。
ママはもしかして、
運がないのかもしれません。

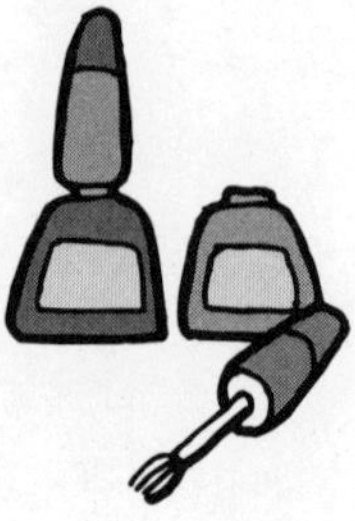

お母さんのヒミツ

池田　しおり（四年）

私のお母さんは
毎日化粧する。
でも外に出ないときは
化粧をしない。
それに人がくると、
エプロンをつけて出ていく。
私はなぜだかわからないけど、
たぶん働き者に見せるため。
そして、
きれいに見せるためだと思う。

＊　＊　＊　＊　＊　＊　＊　＊　＊　＊　＊　＊　＊　＊　＊　＊

演歌

金子　竣（三年）

朝起きると、
お母さんが演歌を歌っていた。

そして、

「竣、薬飲んで！」

と言うはずが
「竣、お酒飲んで！」

と言ってきた。

おかしくて大笑いした。

キャベツからなめくじ

菊田　歩（三年）

お母さんが
夜ごはんに使うキャベツをむいていたら、
なめくじが出てきました。
私がトイレに入っていたら、
「キー、キャアー
ウ～、ワキャー！」
と声がしたので出て行ったら、
なめくじがいました。
私が、
「なめくじ、さわれるよ。」
と言ったら、
「なめくじさわっちゃダメ！」
と言われました。
お母さんはすごーいはやさで、
なめくじを外にほうりなげました。

私は、
「すごいはやさだな。」
と思いました。
お母さんは平気で
カエルをつかまえられるのに、
なめくじがさわれないので、
びっくりしました。

ゴキブリ

村松　雅哉（三年）

ゴキブリが家にいた。

父さんが、

「ゴキブリがいた！」

と言ったら母さんが、

「ギャー！」

と言った。

でも父さんが殺した。

そのあと父さんは、
食べるノリでゴキブリを作って、
かべにはった。

それから父さんが、

「あっ、ゴキブリがいる！」

と言ったらまた母さんが、

「キャー！」

と言ってゴキブリみたいに丸まった。

ぼくには母さんの方が
ゴキブリよりはくりょくがあって
すごかった。

お母さんのカラオケ

金子　竣（三年）

今日夜ご飯を食べていたら、
お母さんが歌っていた。
それも歯みがき粉をマイクがわりにして
歌っていた。
それに音が高くなると、
歌えなくなる。
そして低くなると
歌いはじめる。
やけに変な歌になる。
ぼくが歌いたい歌になると、
お母さんはそこをとばす。
やけに変なカラオケだ。

＊　＊　＊　＊　＊　＊　＊　＊　＊　＊　＊　＊　＊　＊　＊　＊

お母さんはかよわい？

佐藤　友紀（三年）

私のお母さんは、
あく力が四十二です。
この前お母さんと
うでずもうをしたら、
「とてもじゃないけど、
勝てないな、ぜったい！」
と思いました。
指きりをした時も、
お母さんの指の力が強くて
指きりをするといたいので、
指きりなどできません。
でもうちのお母さんは、
「かよわい。」
と自分のことを言います。

お母さんの注文

金子　竣（三年）

ちょっと前に
お母さんがスポンジを注文した。
だけど番号をまちがえて、
ポケットティッシュが
五十こもとどいた。
それからというもの、
お母さんは番号を
何度も確かめるようになった。
しかしこの前、
肉まんを注文したはずなのに、
また番号をまちがえて、
キンピラごぼうがとどいた。

やっぱりお母さんは
まぬけでおっちょこちょいです。

＊　＊　＊　＊　＊　＊　＊　＊　＊　＊　＊　＊　＊　＊　＊

大人ってズルイ？

足立　瑠花（四年）

私が床とかに
何かをこぼしたりすると、
「もう、なにやってんの！」
とおこられます。
でもお母さんがこぼすと
「あっ、やっちゃった！」
と笑ってごまかします。
だから私が、
「なんでママがこぼすと笑うの？」
と聞くと、
「だって、こぼしたのをふくのは
ママでしょ！」
と言いました。
確かにそうかもしれないけど、
こぼした時のリアクションが
ちがいすぎると思います。

好きなサッカー選手

村松　雅哉（四年）

うちの母さんは、
トッティとうるさい。
だけどこのごろ
ベッカムとうるさい。
日本人では
稲本とうるさい。
ぼくは
「こんなおばさん
相手にしてくれないよ。」
と思っている。

＊　＊　＊　＊　＊　＊　＊　＊　＊　＊　＊　＊　＊　＊　＊　＊

あげ足をとる？

森　有太（四年）

土曜日に
お母さんが弟に
「月曜日のしたくしなさい。」
と言っていた。
土曜参観があったから
月曜日は休みだったので
「えっ、火曜日のしたくじゃないの？」
と言ったらお母さんが
「そういうのは
あげ足をとるって言うの。
みんなにきらわれるよ。」
と言った。
本当の事を言っただけじゃん！

フォロー

中野　詩帆（四年）

スーパーに行った時
アイス売り場で
アイスを見ていたら
お母さんが
「ここ、種類少ないねー。」
と2回も言っていました。
「もう夜だからね。」
とフォローしたけど
うしろにいた店員さんが
まだビールをつみ終わってないのに
わざわざアイスを入れてくれた。

なんで私が
フォローしなきゃいけないの？

＊　＊　＊　＊　＊　＊　＊　＊　＊　＊　＊　＊　＊　＊　＊　＊

お母さん、おそるべし

佐藤　友紀（四年）

私とお母さんが
部屋で体操していたら、
お兄ちゃんがやってきて
「あー、ゴリラが
むだなていこうしてるよ。」
と言ってきた。
お兄ちゃんは
私のことを言ったのに、
お母さんが言われたと思ったらしく
お兄ちゃんのことを
ギロッと見ました。
お兄ちゃんはおびえながら、
部屋へ行きました。

お母さん、おそるべし！

こわがりなお母さん

清水　早珠（四年）

この前お母さんと私で
お出かけする時に
お母さんが、
いかにも高そうなコートを着てきました。
それを見たお父さんが、
「おそわれないようにしてね。」
と言いました。
そしたらお母さんが
「ちょっと待ってて！」
と言いました。

待っていたらお母さんが、
ふつうのコートを着て出てきました。
私が
「コート、かえたの？」
と聞いたら
「うん、おそわれるのイヤだからね。」
と言いました。
「お母さんって
いがいとこわがりなんだなー。」
と思いました。

耳が遠いお母さん

佐藤　友紀（四年）

この前冷凍庫に
「ハーゲンダッツ」というアイスが
入っていた。
だから違う部屋にいるお母さんに
ドアをあけないで、
「お母さ～ん、
ハーゲンダッツ食べていい？」
と聞いた。
そしたらお母さんは、
「はい～、もう一回言ってー。」
と言った。

だから私がもう一度
「ハーゲンダッツ食べていい～？」
と聞いたらお母さんは
「はい～、紙パンツ食べていいだってー？」
と言ってきた。
私が
「誰が紙パンツ、食べるのー？」
と言ったら
「ゆきが言ったじゃん。」
と言われた。

お母さんの耳って遠いなー。

証拠隠滅

飯倉　仙一（四年）

お母さんがこの間
「ちょっとそこのゾウキンとって…。」
とあわてて言ってきたので、
「なんで～？」と聞いた。
そしたら
「ちょっと大失敗。灯油こぼしちゃった。」
と言ってぞうきんを持って
外へ出て行った。

灯油をきれいにふいて
家にもどってきた。
そしたら
「灯油くさくない？」
とお母さんに聞かれたので
「うん、くさい。」
とぼくが返事をしたら
「じゃあ、服もきがえなきゃ。」
と言って服もきがえた。
「これでかんぺき。証拠隠滅。」
とお母さんが言った。
犯罪じゃないんだから
そこまでやらなくてもいいのに…。

お母さんとドレッシング

高野　美帆（三年）

このあいだ西友に行った。
お母さんが
「はっ、ドレッシングを買おう。」
とドレッシング売り場まで行った。
そしてドレッシングを
たなから取った時に、
お母さんが
ドレッシングをふった。
私が
「なんで買うときにふるの？」
と聞いたら
「あっ、アハハ、わかんない。」
と言った。
「それって食べる時じゃないのかなー？」
と思った。
今度ふった意味を聞いてみたい。

＊　＊　＊　＊　＊　＊　＊　＊　＊　＊　＊　＊　＊　＊　＊　＊

ほんとかな？

森嶋　俊博（三年）

この前お母さんに聞いたら、

「もてなかった。」

とお母さんが言っていた。

ぼくはうそっぽいなと思った。

でもお母さんは、

「むかしはやせていた。」

と言っていた。

ほんとかな？

ケイリン選手

福島　綾華（三年）

今朝お母さんが仕事に行く時
テレビにむちゅうになって
家を出るのがおそくなった。

急いで自転車に乗って
駅まで行った。
そしたらお母さんは
すごいスピードで
ケイリン選手のように
乗っていたらしい。
その近くに増田先生がいて
家庭訪問の時
「ケイリン選手のように
乗っていましたね。」
と言った。

それを聞いて
みんなで大笑いした。
私も見たかった。

プライド？

長川　翼（三年）

月曜日の9時から
キムタクが出ている
『プライド』というドラマがある。
だから月曜日だけは、
はりきって家の事を
終わらせている。

テレビの前にすわって
キムタクがアップになると、
母ちゃんは
テレビにチュウしてる。
キムタクの手がうつると、
自分も手を合わせている。
(バカみたい)
「私のキムタク様。」
と言っている。

少し年を考えてほしい。
母ちゃんには、
「プライド」がないのかなー？

3

おうちでの変な会話

たなばたのかざり

飯田　恵子（仮名・五年）

お母さんが、
からになったポケットティッシュのふくろを
ちぎっていた。
「なに、やってんの?」
「ちぎってんの。」
「どうして?」
「ひまだから…。」

見ていると
お母さんは、
何かアヤシイものを作っていた。
「なに作ってんの?」
「たなばたのかざり。」
結局私までかざりを作った。
どうせ作ったって、
たなばたまでとっておかないくせに。

* * * * * * * * * * * * * * *

本読み

上村　卓也（五年）

お母さんに本を聞いてもらった。

お母さんが、

「これで3回読んだよね。」

と言ったので、
ぼくが、

「4回だよ。」

と言いました。

そしてもう1回読んだら、

「これで3回だよね。」

とお母さんが言ったので、

「5回だよ。」

と言った。

1分前のことぐらい
覚えておいてよ!

シャレ

東　宇宙（五年）

今日お母さんにシャレを言った。
おわんが無いと**おわん**ない。
ジョニーどこにいくのー。
ちょっとべん**ジョニー**。
ふとんが**ふっとん**だ。
アル**ミカン**の上にある**ミカン**。
ゴミ箱はやくけど
ヤカンは**やかん**。
服を着せたら**ふく**ふく人に似ていた。
電話がなってもだれも**でんわ**。
めがねをかけたら**めがね**ー。
ふくろの中に**ふくろ**うがいた。
お母さんは、
「ヒュ～、さぶ～。」
と言った。
本当は言っているぼくの心の中も
さむかった。

お父さんとお母さんのケンカ

丸山　毅（五年）

4年生のとき、
夜テレビを見ていると、
カステラのコマーシャルがうつった。
なんか、きつねみたいのが出てきて、
おどっていました。

それを見てお父さんが、

「あれはぶただ！」

お母さんが、

「あれはねこよ！」

と言い出した。

「ぶた。」

「ねこ。」

「ぶた。」

「ねこ。」

と言いあってうるさくなった。


次の日に同じコマーシャルがうつった。

そうしたらまたケンカがはじまった。

「ぶた。」

「ねこ。」

「ぶた。」

「ねこ。」


そのくらいでケンカするなよ。

家族で散歩

東　宇宙（五年）

今日久しぶりに
家族4人で夜の散歩をした。
8時半すぎにお父さんが、
「岡酒店に行こう。」
と言ったので、
みんなで行くことになった。
ぼくはローラーブレードで行き、
みんなは歩いた。
途中でいろんな話をした。

お店について、
お菓子を買ってもらった。
お父さんは
自分でお酒を買っているのに、
お店のおじさんに、
「お酒、飲み過ぎないようにな。」
なんて注意していた。
お母さんがそれを聞いて、
「お父さん、
それは自分のことでしょ。」
と言っていた。

帰りにお父さんは、
歩きながらオナラをしていた。

生活できるの？

上村　卓也（五年）

今日お母さんに、

「お金ちょうだい。」

と言ったら、

「一円もないわよ！」

と言われた。

さいふを見たら、
本当に一円もなかった。

生活費、どうすんだよー。

＊　＊　＊　＊　＊　＊　＊　＊　＊　＊　＊　＊　＊　＊　＊　＊

お母さんの誕生日

浅田　慧子（五年）

あしたはお母さんの誕生日。

私はないしょでプレゼントを作った。

きっとすごく喜んでくれると思って、

「明日はパーティーだね。」

とお母さんに言った。

するとお母さんは、

「パーティーは、なしよ。」

と言った。

「なんで？」

と聞くと、

「もう、そっとしておいて欲しいの。」

と言われた。

あっ、そうか！

スノータイヤとお母さん

菅野　真威人（五年）

この前雪がふった時
車ででかけたら、
「ウーン！
やっとスノータイヤの威力が
発揮できるな！」
とお父さんが言った。

お父さんは、
何日も前に
スノータイヤをつけていた。
だけど雪がふらなかったから、
まさつですごい音がしていた。
お母さんは怒って、
「たく！
もううるさいんだから！」
と言っていた。

確かにスノータイヤの音もうるさいけど、
お母さんの声もうるさいような気がした。

だんご3兄弟

仁科　裕美（五年）

今日の朝のニュースで、

「だんご3兄弟のCDが8万枚突破！」

と言っていた。

「え？」

と私はニュースをにらんだ。

「もうそんなに売れたんだ。」

そう私が言ったらお父さんが、

「ああ、これか。

会社のやつが言っていたの。」

と言った。

「え〜、知らなかったの？

『おかあさんといっしょ』に出てくる曲だよ。」

と教えてあげた。

テレビのキャスターが、
「では少しお聞き下さい。」
と言ったのでお父さんがわざわざ
テレビの音量をあげた。

だんご3兄弟を聞いている間、
家はシーンと静まりかえった。
終わるとガタガタと音がして
うるさくなった。
へんなの？

お父さんとの会話

菅野　真威人（六年）

夜にぼくが詩の題を考えていたら、

「あと一つ残っている宿題ってなんだ？」

とお父さんに聞かれた。

めずらしいのでぼくは、

「詩ノートだよ。」

と言った。

そしたらお父さんが、

「まだ死ぬのは早すぎるぞォ。」

と言われて、

「はあ？」

と思った。

＊　＊　＊　＊　＊　＊　＊　＊　＊　＊　＊　＊　＊　＊　＊　＊

おばあちゃんとの会話

松原　美里（四年）

この前おばあちゃんが家に来た。
そしてお昼ごはんを食べた。
食べている時に
お母さんとおばあちゃんが話していた。
「ほらほら、あの人ョ、あの人！」
「えー、だれー？」
「よくテレビに出ている人。
あのおばちゃんの好きなほらほら…。」
という感じ。
なんか聞いていて意味不明。
もう少しまともな会話をして欲しい。

とって下さい、お母さま

岡野　恵梨沙（四年）

夜あやかが、
「サブレ」というお菓子を食べていた。
食べていてあやかが外に出て、
また家に帰ってきた。
近くにあったはずの「サブレ」が
遠くになっていた。

「サブレ」を発見したあやかは、
近くを見た。
そしたらママが近くにいた。
だからあやかは、
「ママ、お菓子とって！」
となぜかおこりながら言った。
そしたらママは、
「なんでそんなにおこっているの？
言うんだったら、
とってくださいお母さまでしょ！」
と女王さまみたいに言った。
だからあやかはしかたなく、
「とって下さい、お母さま。」
とイヤイヤ言った。

お母さんとの会話

松原　美里（四年）

この前テレビを見ていて、
「カップうどんに
ラーメンのスープが入っていた。」
というニュースがあったので
お母さんに教えた。
そしたら、
「ゲェ～、気持ち悪い。」
と言っていた。

それから3日ぐらいたった時
お母さんが、
「ねえねえ、知ってる?
カップうどんに
ラーメンのスープが入っていたんだって…。」
と言った。

私は
「それ、美里が教えたんだよ。」
と言いたかったけど、
ごはんを食べていたので、
自分の胸をたたいて、顔を指さした。
そしたらお母さんは勘違いして、
「えっ、おもしろい?」
とか言ってニコニコしていた。

巨人対ダイエー

岡野　恵梨沙（四年）

ずいぶん前に
巨人対ダイエーの対決があった。
うちのママも私も
野球には興味がなかったけど、
「巨人が勝てばサティが安くなる。
ダイエーが勝てばダイエーが安くなる。」
と言っていた。
私の家に近いのはサティだから、
お母さんは巨人に勝って欲しかった。
だから巨人のこうげきの時、
ママは真剣に見ていた。
そして巨人の選手が
ホームランを打ったとき、
「キャー！」
とこうふんしていた。
そしてサティが安くなることになった。

＊　＊　＊　＊　＊　＊　＊　＊　＊　＊　＊　＊　＊　＊　＊　＊

父さんの勉強

村松　雅哉（三年）

お父さんが、

「勉強して何か資格をとろう。」

とお母さんに言った。

だから本屋に行って、
勉強する本を買ってきた。

それも千九百円するやつだ。

お母さんが、

「むだなもの、買ってきて…。」

とおこっていた。

ぼくもそう思う。

夜ごはんの時のこと

増尾　翔太（三年）

家で夜ごはんを食べている時に、
妹が肉をのこしていた。

だからぼくが、

「肉を食べな！」

と言った。

そしたらお母さんが横から、

「自分を食べなさい！」

と言ってきた。

ぼくは、

「自分を食べなさい！」

じゃなくて、

「自分もごはんを食べなさい！」

じゃないのかと思った。

お母さんがわらいながら、

「あっ、まちがえた。」

と言った。

＊　＊　＊　＊　＊　＊　＊　＊　＊　＊　＊　＊　＊　＊　＊

死人が8人…

矢田目　奈穂（四年）

この前
わり算の宿題をやっている時、
私が
「え〜っと、４×２＝８」
と言ったらお父さんが、
「死人が8人…。」
と言ってきた。
私は、
「お父さん、やめて！
こわいから…。」
と言いました。
お父さんは変な人です。

さしみの値段

金子　竣（四年）

今日の夜ごはんの時に、
お母さんが急にさしみを出してきた。
値段を見たら、
千八百八十円だった。
だけどよく見ると、
1の字がえんぴつで書いてあった。
「なんでえんぴつで書いてあるの？」
と聞いたら
「わざと！」
と言った。

少ししたらお父さんが来たので、

「はい、千八百八十円。」

と言ってさしみを出した。

でもお父さんが気付いて、

「八百八十円でしょう。」

と言った。

お母さんは
「ばれたか？」

と言って舌うちをした。

みんなで大笑いした。

赤ちゃん

高野　敦美（四年）

私の家の赤ちゃんは、
いつも
「チンチンブラブラ〜。」
と言いながら
お父さんのチンチンを
手でさわりまくります。
しかもお母さんの時は、
「オッパイモミモミ〜。」
と言って手でさわります。
お母さんは
「やっ、やめて！」
と言います。
私の家の赤ちゃんは
増田先生みたいに下品です。

＊　＊　＊　＊　＊　＊　＊　＊　＊　＊　＊　＊　＊　＊　＊　＊

人間だよ

佐藤　友紀（四年）

この前家の前に
ネコがいた。

だから私が
「かおうよ。」

と言った。

そしたらお母さんに、

「サルかってるからダメ！」

と言われた。

それって私？

私は人間なのにな。

なつ子

飯倉　仙一（四年）

ぼくはこの前のプールの時、
肩に日焼けをしました。
家に帰ってからお母さんに
「ここ、なんかなってる?」
と聞いてみました。
すると
「日焼けみたいね、かわいそうに…。
いたいでしょう。」
と言ったあと
「もえろ、いい女。もえろ、なつ子。
まぶしすぎるおまえとの出会い」
という歌を歌い始めた。
ぼくが「その歌やめて!」と言ったら、
「昔は小麦色の肌が
美しいと言っていたのよ。
お母さんの時代だけど…。」
と言った。
ところでお母さんは
「まぶしすぎる、おまえとの出会い」の所で、
指を指すポーズをします。
変だよなー。

入れわすれ

有馬　英治（四年）

前お母さんが
お父さんにスープを入れた。
そのとき
中身が入っていなかった。
そしたらお父さんが、
「アホには見えないスープか？」
と言いました。
ぼくはお母さんに聞いて
おもしろいと思いました。

＊　＊　＊　＊　＊　＊　＊　＊　＊　＊　＊　＊　＊　＊　＊　＊

イカフライ？

樋口　結奈（四年）

お父さんが
仕事から帰ってきた。
お父さんは
イカフライが好きだから
「今日のおかずはイカフライ？」
とお母さんに聞いた。
そしたらお母さんが、
「玉ねぎのフライだよ。」
と言った。
そばで聞いていた私は
笑ってしまった。

ダジャレ

佐藤　由莉奈（三年）

今日は私のたんじょう日だった。
ケーキのろうそくを
フッと消した。

そしたらお父さんが、
ジャガバターを
電子レンジであたためようとしたら、
電子レンジの前に
物がおいてあった。
だからお父さんが、
「ジャバター！」
と言った。
そしたら今度はお母さんが、
「おさらに入れたら
さらにいい。」
と言った。

私は
「なさけない！」
と思った。

パパのケーキ

野木　佑希（三年）

今日は
パパの誕生日だった。
自分の誕生日の時は
手作りのケーキだった。
でもパパは
買ってきたケーキだった。
「なんで？」
とママに聞いたら
「愛情の差ね。」
と言った。
先生
「愛情の差」ってなーに？

＊　＊　＊　＊　＊　＊　＊　＊　＊　＊　＊　＊　＊　＊　＊　＊

毛のはえる薬

長川　翼（三年）

お兄ちゃんが母ちゃんに
「毛のはえる薬を買って！」

と変なことを言っていた。

母ちゃんは、

「どこの毛をのばしたいの？」

「まゆ毛？」

「鼻毛？」

「わき毛？」

「どこの毛のことなの？」

とつっこんで聞いていた。

お兄ちゃんは
ニヤニヤしていた。

母ちゃんもニヤニヤしながら、

「ふーん、分かった、分かった。」

と笑っていた。

ぼくにはわからない話だ。

だまされたの？

坂江　周平（三年）

お母さんが
「13年間だまされてきた。」
と言っていた。
ぼくが
「なんで？」
と聞いたら
「お父さんが会社から
早く帰ってくると言っていたのに
13年間早く帰ってこないから…。」
と言った。
「帰ってくるとしても
たまにしか早く帰ってこない。」
と言っていた。
「本当にそうだな。」
とぼくも思った。

本当に13年だまされたのなら
お母さんはかわいそうだな。

たからクジ

長川　翼（三年）

今日
「たからクジがあたったら
何がほしい？」
と聞かれた。

ぼくは
「大きな家がほしい。」
お兄ちゃんは、
「一万円がほしい。」
父ちゃんは、
「マンションを三こ建てて、
サイフに百万円を入れて歩きたい。」
んだって…。
母ちゃんは、
「たからクジがあたったことは
だれにも言わないで、
通帳を見てニヤニヤしながら
せこくくらす。」
んだって…。

本当に母ちゃんはユメがないなー。
エステにでも行けばいいのに…。
でも今年こそ当たればいいなー。

ボディビルダー

長川　翼（三年）

この前テレビで、
ボディビルダーの大会をやっていた。
さっそくぼくとお兄ちゃんは、
服をぬいでパンツ1枚になり、
ボディビルダーのまねをした。

それを見ていた父ちゃんは、
「それじゃダメダメ！」
と言いながら、
けつにパンツをくいこませて
歩いていた。
おかしくておかしくて
みんなで大笑いした。

でもこれで終わるわけがない。
最悪なのは母ちゃんだ。

とても人には見せられない
パンツ1枚のかっこうで、
ボディビルダーのまねをしていた。
あれでも一応
女なんだろうなー。

4

いろいろあるよ兄弟姉妹

かんちがい

上村　卓也（五年）

ごはんを食べていると、
お姉ちゃんが、

「台所、きれいになったね。」

と言ったので、
ぼくも、

「そうだね。きれいになったね。」

と言った。

そうしたらお姉ちゃんが、

「ありがとう。」

と言った。

ぼくは、

「お前にじゃねえよ！」

と言った。

自分が「きれい」と言われたなんて、
かんちがいするなよ、
お姉ちゃん。

＊　＊　＊　＊　＊　＊　＊　＊　＊　＊　＊　＊　＊　＊　＊　＊

ぼくを泣かすな！

安部　功二郎（五年）

ぼくにはお兄ちゃんがいます。
いま、中学一年です。
お兄ちゃんはいやなことがあると、
「ムカツク！」
と言ってすぐにけってきます。
それでケンカになります。
ぼくが一発やりかえすと、
お兄ちゃんが、
「ふざけるな！」
と言ってぶってきます。
だからぼくが泣きます。
それでお母さんが、
お兄ちゃんをおこります。
そんな時ぼくは、
「ざまあみろ。ぼくを泣かすからだ。」
と思います。

たくらんでいる妹

梅田　悠史（五年）

食事の時間に
ぼくの好きな肉が出た。

それを見て妹が、

「三百円くれたらお肉をあげる。」

と言ってきた。

ぼくが、

「肉だけをくれ！」

と言ったら、

「あ～げない！」

と言って肉を一つ食べてしまった。

「あ～、おいしかった。」

と言ってきた。

しかたがないので三百円わたすと、
妹がぼくに肉をわたした。

それから、
「ゆうじが、肉とった～。」
と言った。
それを聞いたお母さんが
ぼくをおこってきた。
妹は笑っている。
くやしい！

ジャイアント馬場と妹

丸山　毅（五年）

月曜日の夜に
ジャイアント馬場が死んだ。
妹は、
「めぐ、ファンだったのに…。」
と言っていた。
どういう趣味をしているんだ。
妹はジャイアント馬場のテレビを見て、
「アポー！」
なんてマネをしていた。
ファンだったら悲しいけど、
趣味悪くない？

＊　＊　＊　＊　＊　＊　＊　＊　＊　＊　＊　＊　＊　＊　＊　＊

お姉ちゃんのけいたい

須田　末由紀（六年）

うちのお姉ちゃんは、
いつもけいたいを持っている。
家に忘れたことがない。
私が一度さわってみたら、
「さわらないで。」
と言われた。
う～、こわい！
お姉ちゃんは
「けいたい女」です。

小じわ

渡辺　みどり（六年）

妹とお風呂に入っていたら、
妹がいきなり
「お姉ちゃん、小じわ多いね。」
と言ってきたので、
「あゆみなんてブルドックみたいじゃん。」
と言い返したら
私を指さして、
「標語！
あわてるな、
小じわは急にかくせない。」
と言ってきた。
しばらく笑っていたら、
「なんでそんなにうけるの？
やっぱ小じわ多いんじゃん。」
とバカにされた。
お返しで詩ノートに書いちゃおうっと。

＊　＊　＊　＊　＊　＊　＊　＊　＊　＊　＊　＊　＊　＊　＊　＊

けむりが出る球

佐々木　健（六年）

ぼくはお兄ちゃんと
キャッチボールをやった。
その時お兄ちゃんが投げた球から
けむりが出た。
「どうやってやったの？」
と聞いたら、
「あることをした。」
と言った。
そのあとキャッチボールをやっていたら、
お兄ちゃんがかげで、
球に砂をかけていた。

自慢——ピカピカとゴチャゴチャ

佐藤　綾花（六年）

私の部屋は妹といっしょ。
私のスペースと妹のスペースに
わけてある。
私のスペースは
ちゃんと整理してあるので
すっごくきれい。
妹の方はゴミためみたい。

「なんであんたの方は
そんなにきたないの？」
と聞いたら、
「別にいーじゃん！」
と言ってきた。
だから私は、
「ふん！
私のほうがピカピカよ。
オッホホホホ…。」
とお嬢様みたいに言ったら
シカトされた。

お姉ちゃんの怒り方

桑原　桃子（六年）

私のお姉ちゃんは、
一ヶ月に一回ぐらい怒る。

お姉ちゃんの怒り方は、

「書いていた絵をビリビリにする」

「投げる物を探す」

「泣いてしまう」

という3つの怒り方だ。

私には
「投げる物を探す」という行動が、
よくわからない。
別に投げなくてもいいのに…。
でも怒り方にも
個性があるのかな？

＊　＊　＊　＊　＊　＊　＊　＊　＊　＊　＊　＊　＊　＊　＊　＊

りゅうやのなみだ

東山　恵衣（三年）

2才のりゅうやは
なみだが出ると
すぐにぐずります。
そして
「パパの車を食べる！」
と言います。

お父さんの名前

田中　智弘（六年）

今日『魔女の条件』をみんなで見た。

そしたら松嶋菜々子が
病院から抜け出す場面があった。

その場面で倒れた滝沢が
「みち。」

「みち。」

といっていた。

その時にお姉ちゃんが、

「お。」

「お。」

とか言っていた。

「何言ってんの？」

と聞いたら、

「お父さんの名前を言ってるの。」

と言った。

お父さんの名前は「みちお」です。
滝沢が「みち」と言って姉が「お」と言うと、
ちょうどお父さんの名前ができる。
ぼくは心の中で、
「ちょー、くだらない。」
と思っていた。

バレンタインチョコ

川上　陽子（六年）

二月十二日
私は昨日作ったチョコを
誰にあげるか考えていた。
全部で十九個作ったので
余ったチョコを弟にあげることにした。
その時に、
「お姉ちゃん、
これけっこうおいしいね。」
と弟が言ってきた。
「ちょっとー
何であんたが食べてんのよー！」
なんと弟は
増田先生にあげるつもりのチョコを
食べていた。
私は
「あんたのはそこにある
安っぽい袋に入ってる奴なんだよー。」
とどなって言った。
増田先生、ゴメンネ！

のぞみお姉ちゃん

高島　祥平（四年）

ぼくのお姉ちゃんは
中学1年です。
制服のスカートをはいています。
そしてそのスカートを
すぐにぼくの方にめくって
「ほら、祥平。」
と見せます。
ぼくは恥ずかしくなります。
そういうのは
やめて欲しいな。

＊　＊　＊　＊　＊　＊　＊　＊　＊　＊　＊　＊　＊　＊　＊　＊

弟は覚えていないが…

高橋　玄輝（四年）

弟が五才のころ
かぜをひいてねていた。
八時ぐらいになって、
弟が起きてきて、
トイレに行った。
それから三十分しても
トイレからもどってこなかった。
「おそいな〜。」
とお母さんが言った。
見にいったら、
トイレでねていた。
すわってねていた。
うんこもしていた。
ぼくはすごく笑った。
弟は覚えていないそうだ。

けんか

今田　諒平（四年）

ぼくはしょっ中
妹とけんかをして、
ゲームのとりあいになる。
妹の必殺技は、
お母さんに言いつけること。
するとお母さんは、
「お兄ちゃんなんだから、
妹にやさしくするんでしょ！」
と言っておこってくる。

次の日にお母さんがでかけた。

ぼくは、

「ラッキー。」

と言って、

「このやろ！」

と妹にキックをくらわした。


妹は泣いた。

「オレの方がやっぱり勝つ！」

と思った。

英語の歌

陣野　綾（四年）

今日の夜、
英語のテープを聞いていたら、
歌を歌うところがあった。
そしたら妹が、
その音楽に合わせて、
歌っていました。

私が
「あんた、なに歌ってんの？」

と聞いたら、

「英語の歌をうたっているんだよ。」

と言いました。

そして、

「綾もちゃんとうたったら。」

と言いました。

そして、

「上手でしょう。」

とも言いました。


ムカツク妹だ！

アッパースイング

並木　勝也（四年）

今日お風呂で、
弟とプロレスをしました。
弟はかみついたり、ひっかいたり、
なぐったりしてきました。
おれはいかって、
とどめのアッパースイングをして、
泣かせてしまいました。
「やばい、泣くな。
あー、どうしよう。神様──！」
とさけびました。
このままだとお母さんに
ものすごくおこられます。
でも弟は、
無事に泣きやみました。
あー、よかった。

＊　＊　＊　＊　＊　＊　＊　＊　＊　＊　＊　＊　＊　＊　＊　＊

妹のクイズ

陣野　綾（四年）

私の妹は、
おならをしたあとに、
「なんで私のおならは、
いいニオイなんでしょう？」
自分でクイズを作った。
その答えは、
「おならの音が小さいから…。」
だそうだ。

なんだそれ？

ヤクルトの飲み方

佐々木　瞳（四年）

私のお兄ちゃんは
ヤクルトを飲むときに必ず、

「腰に手をあてて飲もう。」

と言います。

飲み終わった時には必ず、

「カーッ！」

とビールを大人が飲んだ時みたいな
声を出します。

私もお兄ちゃんを見ていたら
まねしたくなってきたので、
私もやってみました。
なんだかふつうに飲むより、
おいしかったです。

＊　＊　＊　＊　＊　＊　＊　＊　＊　＊　＊　＊　＊　＊　＊　＊

弟ってすごい？

並木　勝也（四年）

こないだ弟が
外を走っていました。
弟が
「ぼく、すごいのできるよ！」
と言いました。
弟は走りながら
ぼうしやクツをぬぎました。
そしてクツ下もぬげて
ズボンもぬげました。
それから弟はぼくに
「まっ、お前じゃできねーな。」
と言いました。

そんなのやりたくねーよ！

迷子はだれ？

有馬　良太（四年）

この前弟が迷子になって、
ずーっと
お母さんとぼくで探していた。
そしたら弟が出てきた。
弟は、
「どこ行ってたの？
なに迷子になってんの？」
と言ってきた。
「おめえが迷子になってんだよ！」
と思った。

＊　＊　＊　＊　＊　＊　＊　＊　＊　＊　＊　＊　＊　＊　＊　＊

お兄ちゃんに勝った！

中野　詩帆（三年）

お兄ちゃんは
よく私のことを
「バカじゃねえの、お前。」
と言います。
だから私は
「バカだから学校に行って
勉強教えてもらってんじゃん。」
と言います。
するとお兄ちゃんは
何も言わなくなります。
そうすると私は心の中で
「勝った！」
と思います。

弟って天才？

矢田目　奈穂（三年）

お父さんが
私の大好きなあまぐりを
買ってきてくれた。
お父さんが
「安かったんだよ〜。」
と言ったので見たら、
「百九十八円引き」
というシールがはってあった。
私が
「百九十八円引きだって…。」
と言ったらお父さんが、
「それ、本当は三百九十八円なんだよ。
じゃあ、三百九十八引く百九十八は？」
と聞いてきた。
私が考えて答えを言おうとした時、
私の弟が
「二百！」
と答えました。
私はショックをうけて
お母さんにだきつきました。
幼稚園児にまけたかも…？

ストレス解消？

片山　佳織（三年）

私の妹は、
気が強いです。

私が
「おり紙ちょうだい。」

と言うと、

「だめだめ！」

とけってきます。

「なんでけるの？」

と聞いたら、

「ストレス解消！」

と言いました。

ちょームカツク！

＊　＊　＊　＊　＊　＊　＊　＊　＊　＊　＊　＊　＊　＊　＊　＊

ひっかかった

佐藤　友紀（四年）

私は1年生の時
エイプリルフールで
お兄ちゃんにうそをついたあと、
「今日はエイプリルフールだから、
うそをついていいんだよ。」
と言った。
そしたらお兄ちゃんが、
「はー、今日は4月2日だよ。」
と言ってきてけられた。

けられたあとにお兄ちゃんが、

「うっそだよーん。

今日は4月1日だよ。」

と言った。

私はすごくむかついた。

弟のボケ

熱田　将（四年）

去年の春休みのことだ。
夕ご飯を食べ終わって
歯もみがいたのでねた。
そこで事件がおきた。

夜中ぼくがねている時、
弟が急に起きて
お母さんのフトンにきた。
3歩ぐらい歩いて、
目はつぶっている。
弟は急にズボンとパンツをおろして、
お母さんのフトンをめがけて
おしっこをした。
お母さんは急に起きて、
弟のチンチンをおさえた。

おしっこがまわりじゅうに
飛び散った。

弟はねていたので、
そんなことは知らなかった。
次の朝にそれを聞いて、
みんなで大爆笑した。

スイカのタネ

足立　瑠花（四年）

この前スイカを食べている時に、
弟が
「タネものんじゃった！」
と言いました。
そしたらお母さんが、
「あらっ、おなかの中に
スイカができちゃうよ。」
と言いました。
弟は「えーっ？」と言って、
となりの部屋のすみっこに行って
何かやっていました。

だから
「何をやっているのかな？」
と思って見にいったら、
洋服をめくって
おなかの中にスイカができていないか
心配していました。
だいじょうぶなのに…。

ぼう食いぞく

熱田　将（四年）

ぼくはライフで
弟と試食する。
弟が試食のいいのを見つけると、
「よし、やってやるぜ、
なぁ、兄き。」
とぼくをさそう。
ぼくはサングラスをかけるまねをして
「よしっ！」
と言って試食コーナーに行く。
そして一つ食べる。
何分かして
店員がいないのを確認して
また行く。
それを5・6回くりかえす。

帰るとき
「へっ、へっ、へっ…
食いほしたぜ！」
と弟が言う。

妹の歌

佐藤　大吾（四年）

ぼくがトイレに入ろうとしたら、
妹が
「おトイレ、おトイレ、楽しいな。
チンコがないからおまたをふこう。
ほーらきれい、スッカラカン。」
と意味がわからない歌を
うたっていた。
ぼくは
「バカだな～。」
と思いました。

＊　＊　＊　＊　＊　＊　＊　＊　＊　＊　＊　＊　＊　＊　＊　＊

弟のくせ

布谷　香央理（三年）

私の弟は
かくれてはなをほじって
はなくそを食べている。
するとお母さんが、
「食べないで！」
ととんできます。
でもお母さんが来る前に
もう食べています。
弟はおふろでも
それをやっています。
しかもおふろの時には
必ずおふろの中で
おしっこもします。

こわい本を読んだら…

鈴木　優花（三年）

今日学校で遊んでいたら、
弟に会いました。
私と布谷さんがトイレで
こわい本を読んでいました。
その本の中に
「トイレのドアを4回たたくと
花子さんが出てくる。」
という話がありました。
私はそれを
家のトイレでためしてみました。
その時弟もそばにいました。
弟は一人でトイレに行けなくなり、
私に
「トイレに一緒に行って！」
とたのむようになりました。

＊　＊　＊　＊　＊　＊　＊　＊　＊　＊　＊　＊　＊　＊　＊　＊

おたふく

内田　有紀（三年）

私がおたふくにかかった。
その夜
弟とお母さんが
おふろからあがってきた。
弟がお母さんのおなかを見て、
「ママのおなか、おたふく？」
と言った。
そしたら
「うわー、ひどーい。」
とお母さんが言った。
そしたら弟は、
「だって…
ぶよぶよしてるんだもん。」
と言った。
二人とも
すごくわらっていた。

シワゴン

岩崎　大祐（三年）

弟はいつも
「ママが悪い。」
とかばかり言います。
だからママが
「あ、うしろにシワゴンがいる！」
とさけんだら
弟は泣きます。

＊　＊　＊　＊　＊　＊　＊　＊　＊　＊　＊　＊　＊　＊　＊　＊

ドラマごっこ

尾崎　舞帆（三年）

妹のことねは、
最近ドラマにはまっている。
しかも恋愛ものだ。
時々、
「私は愛してたのに、
あなたは愛してくれないわ。」
とひとりごとを言ったりしている。
聞いてみると、
「愛しごっこしてるの。」
と言っている。
ドラマを見るのはまだ早いよ。
まだ3才なんだから…。

弟のゆめ

後藤　容司郎（四年）

きのうけいすけの入学式で、
お昼を食べにいった。
食べ終わって
けいすけの学校の洋服を
買いにいくとちゅう、
お父さんが
将来のゆめを聞いてきた。
ぼくは
「一級建築士。」
と言った。
弟は、
「おれ、水戸黄門の
すけさんとかくさんを
やりたいんだよねー。」
と言った。

ぼくは
「弟のゆめは
こんなもんか。」
と思った。

5

むかついた〜！

ぼくは男です

宇津木　城太朗（五年）

床屋に髪の毛を切りに行った。

「どのくらい切るの？」

「えーと、十センチぐらい…。」

「そしたら、
女の子の中では短くなっちゃうよ。」

「ぼく、男です。」

「あら、そうだったの？

オッホホホホホ…。」

床屋のおばさんが笑った。

「顔見てわからないの？」


ぼくは前から女の子にまちがえられる。

なんか今日はムカツイタ！

＊　＊　＊　＊　＊　＊　＊　＊　＊　＊　＊　＊　＊　＊　＊　＊

野球をしていて…

上村　卓也（五年）

ぼくが4才の時、
お兄ちゃんと野球をした。
ぼくがバッターで、
お兄ちゃんがピッチャーだった。
お兄ちゃんがボールを投げた。
「ちょっと低いよ。」
と言ったら
今度は高いボールがきた。
だからぼくは、
「今度はちょっと高いよ。
もっとぼくに近いボールを投げてよ。」
と言った。
そうしたらボールが、
ぼくの顔面にあたりました。
ぼくは頭にきて、
バットでお兄ちゃんをぶちました。

おみやげ

東山　直輝（五年）

りょう太がスキーに行って、
おみやげを買ってきてくれた。
ポケモンのトゲピーのぬいぐるみだった。
自分もトゲピーのおもちゃを
買ってもらっていた。
ぼくのぬいぐるみだけなんかおかしい。
「赤ちゃんが乗っています。」
と書いてある。
りょう太がお母さんに、
「あのね、あれ
ＵＦＯキャッチャーでとったんだよ。」
とこっそり言っていた。
なんだかむかついた。

＊　＊　＊　＊　＊　＊　＊　＊　＊　＊　＊　＊　＊　＊　＊　＊

寒いんだぞ！

上野　諒（六年）

この季節
すもうをやると
めっちゃ寒い。
「う〜、寒い〜。」
と言うと先生が、
「寒くないぞ！」
と言う。
見ると何枚も重ね着して
おまけにズボンとジャンパーを着ている。
それを見ると
「このやろう。
はだかになってみろ！」
と言いたくなる。
めっちゃ寒いんだぞ！

むかついた!

東　宇宙（六年）

きのうワクワクドームに行った。
はじめは二十五ｍで泳いでいた。
しかしまわりが
バシャバシャと激しく
クロールやバタフライなどをやっていて、
なかなか泳ぐことができなかった。
だから流れるプールに行った。
楽しく遊んでいたら
急におばさんが
「みんなが歩いているから
遊ぶんじゃないわよ!」
と言ってきてむかついた。

そのあともむかつくババアは
ぼくたちを見はっていた。
ぼくたちが止まると
ババアも止まり、
ぼくたちが歩くと
ババアも歩く。
完全に見はっているとしか
思えなかった。
だから今度会ったら、
「このプールは
遊ぶためにあるんじゃないですか!」
と言ってやりたい。

ケンカ

八巻　郁衣（四年）

さちえとケンカした。
さちえは弱っちい。
ぶったりけったりすると、
すぐに泣くときがある。
それをよく知っている私は、
ケンカを売った。
そしたらさちえが買った。

ケンカをしていたら
さちえはカミダニのついてそうな
きたない紙に
「バ〜カ！」
を三十回書いて丸め
私の頭に投げた。
私はカミダニがついたと思って、
髪の毛を

シャンプー・リンス
シャンプー・リンス…と
3回ずつ洗った。

さちえのバカ！

間違えるなよ！

村松　知輝（四年）

ぼくは土曜日に
かぜをひいていないのに、
ずっと気持ち悪いから
点滴をうけにいきました。

中に入ると
ぼくの前の席に
おばさんがいました。
ぼくはすごく気持ちが悪いので、
横たわっていたら、
ぼくの前の席のおばさんが、
「そこに横たわっている子、
幼稚園生？」
とお母さんに聞いてきました。
お母さんは、
「この子、
こう見えても4年生なの。
ちっちゃいでしょー。」
と言いました。
ぼくは、
「幼稚園生だと、このくそババア。
こう見えても4年生なんだよ！」
と思いました。

点滴をやっている時も、
「ふざけんなよ。
ぼくはこう見えても
4年生なんだぞ。」
と思っていました。
ぼくは背を大きくして、
「この子、6年生？」
と言われたい。

見られた

高島　祥平（四年）

幼稚園のころ
プールに入るために
水着に着がえていたら、
女の子に
チンコを見られてしまった。
その女の子は
見てないふりをした。
「男の大事なところを
見てんじゃねー。」
と思った。

＊　＊　＊　＊　＊　＊　＊　＊　＊　＊　＊　＊　＊　＊　＊　＊

遊ぼうとしたのに…

宍倉　成人（四年）

土曜日に
石井の家に電話して、

「遊べる？」

と聞いた。

そしたら、

「遊べる。」

と言ってきた。

「じゃあ、遊ぼう。」

と言って、
石井の家に行った。

そしたら石井の妹が
「帰れ！」

と言ってきたので
ムカツイて帰った。

そして他の人と遊んだ。

マナーは守れ！

杉山　優花（四年）

私が電車に乗っていたら、
おじさんがたくさん足を広げていました。
やまんばのような女の人二人が
笑いながら大きな音で手をたたいたり
しゃべったりしていました。
しかも足をふまれました。
私はかなりムカムカして
注意しようと思いました。
でもこわくてできませんでした。

家に帰ってから、
「いい大人が
他の人に迷惑かけるなー！」
と思いながら
ふとんをなぐりました。

でもふとんにあたる私もバカだと思い
やめました。

マナーは守って欲しいです。

ちょっとムカツイタ

陣野　綾（四年）

私は5時半から
少林寺拳法があった。
着替えていたら、
私のくつ下がクマだったので、
それを見ていた
小さい子が、
「クマさんのくつ下かわいいね！」
とお母さんに言っていた。
そのあとその小さい子は、
「でも私の方がかわいいもん！
キティちゃんだもんね。」
と言った。
私はちょっとムカツイタ。

＊　＊　＊　＊　＊　＊　＊　＊　＊　＊　＊　＊　＊　＊　＊　＊

立ちション

野口　裕亮（四年）

ぼくは帰りに
立ちションをした。
しかも十秒ぐらいした。
そしたらいっしょにいた有太が
「みなさん、ちゅうもく～。」
と言った。
立ちションが終わった。
そのあとぼくは
有太をたたいた。
むかつくな～。

うそにもほどがある

佐藤　友紀（四年）

私が小さいころにテレビで
「本当の親」という番組をやっていた。
それでお母さんに、
「お母さんは、私の本当の親？」
と聞いたら
「うん！」
と言ってくれた。

そこにお兄ちゃんがきて、
「ゆきは黒目川の所で
オレがひろったんだよー。」
と言ってきた。
いっしゅん本気にしたけど
「でもそんなことはないよ。
私とお父さんはにているから…。」
と言い返したら
「お父さんもいっしょに箱に入って
『かわいがって下さい』
って書いてあったからひろった。」
と言ってきた。
お兄ちゃんのうそにもほどがある。

6

はずかしかった

歯医者

仁科　裕美（五年）

私がようちえんの時、
歯医者に行った。
名前を呼ばれて
イヤイヤ中に入った。
いすにすわった、
こわそうなかんごふさんが、
私の頭の後ろにすわった。

私がねっころがっていると、
かんごふさんがいきなり顔を出した。
私はびっくりして大泣きした。
歯医者さんも困っていた。
だからあばれないように、
ネットを私の体にかけた。
そうしたらもっと私は大泣きした。

そして、
「私はきれいな人にやってもらいたいの。
この人じゃ、イヤ！」
と言ってしまった。
まわりの人はあぜんとしていた。
今思うととてもはずかしい。

水風船

田中　智弘（六年）

野本和也君と中島君とぼくで
公園で水風船で遊んだ。
水風船の中に
大きいのが2つ入っていた。
それを2つ持って
和也君が水道に走っていった。
ぼくは中島君に、
「かず、絶対
『オッパイ、ボヨヨーン』って
やるよね。」
と言ったら
「おれもそう思う。」
と言った。

和也君を見ていたら
2つの水風船をつなげてきて
「オッパイ、ボヨヨーン。」
とやった。
ぼくと中島君は大笑いした。
近くにいた赤ちゃんづれの人まで
笑っていた。
はずかしかった。

自転車

吉田　宗樹（四年）

昔公園で
はじめて自転車に乗った。
ペダルをこいでも
前に進まなかった。
「なんでだろう？」
と思って、
もっとこいでみた。
でも進まない。
まわりの人が笑っている。
でもぼくは気づかない。
少したってお母さんに、
「自転車のスタンドがとめてるよ。」
と言われて
はじめて気がついた。
はずかしかった。

＊　＊　＊　＊　＊　＊　＊　＊　＊　＊　＊　＊　＊　＊　＊　＊

ねてるとき…

松原　美里（四年）

私はねてる時
よくねごとを言ったり
ねぼけたりするそうです。
前は夜中に
とことこ起きあがって
お母さんに
「あのさ～、あのさ～、
まぁ、いいや！」
と言って
自分の部屋にもどったそうです。
私はそんなことをしたことを
全然覚えていません。
それをお母さんから聞いて
私ははずかしくなりました。
なんでそんなことを
言っちゃうんだろう？

夕方の太陽

江口　響子（四年）

幼稚園のころ、
家族で海に行った。
海でいっぱい遊んだ。

夕方になって、
太陽が海に半分かくれた。
私は、
「今、海に入ろうよ。」
と言った。
そしたらお母さんが、
「今は寒いよ。」
と言った。
私は、
「太陽ってあったかいんでしょ。
今海に入っているんだから、
海があたたかくなるでしょ。」
と言った。
そしたら大笑いされた。
私はなんで笑われたのか
わからなかった。

はずかしいけど…

新見　慧太（四年）

このあいだ
スイミングに行った。
ぼくは今5級だ。
クロールが終わって
次に背泳ぎをした。
ビート板を持ってやった。
1回目に前の人が終わって、
ぼくの番になった。
ぼくはその時、
ビート板を逆に持っておぼれた。
ぼくは先生に、
「バカ!」
と言われた。
2回目になって、
前の人が同じことをして、
おぼれていた。

＊　＊　＊　＊　＊　＊　＊　＊　＊　＊　＊　＊　＊　＊　＊

橋本君のスカートめくり

中野　詩帆（四年）

橋本君は
保育園の時
スカートめくりをしていました。
めくり終わると
「へっへっへ〜
見ちゃったもんねー。」
と言っていました。
見てるこっちが
はずかしかったです。

おちんちんキンチョール

吉田　宗樹（四年）

ずっと前のことだけど
いとこが
「おちんちん、おちんちん
おちんちん、おちんちん
おちんちんキンチョール。」
と言っておどっていました。
ぼくやお母さんやおばあちゃんは
ゲラゲラ笑いました。

でもぼくは本当は心の中で、
「なんだそれー。
頭おかしいんじゃないの？」
と思っていました。
女の子なのに
こんなことを言うのは変です。
そのあといとこは
ふつうにしていました。
でも他の人に知れたら、
とってもはずかしいです。

エロかったかな？

橋本　拓人（四年）

ぼくは保育園の時、
女の子のおっぱいを
もんでいました。
先生のおっぱいも
もんでいました。
先生のおっぱいを
モミモミしていたら
「お母さんのおっぱいを
もみなさい！」
と言われた。
はずかしかった。
だって先生の方が
大きくていいんだもん！

＊　＊　＊　＊　＊　＊　＊　＊　＊　＊　＊　＊　＊　＊　＊　＊

初キッス？

坂江　周平（三年）

今日
ぼくとひろゆき君で
顔を向け合って
高さくらべをしていた。
そしたら先生がやってきて、
ぼくとひろゆき君の頭を
ぶつけさせた。
そしたら口と口がついて
チューをしてしまった。
先生が
「どうだ、今日の初キッスは…？」
と言ってきた。
ぼくはすごくはずかしかった。
今度から
先生には注意しよう。

もうイヤになっちゃう!

布谷　香央理（三年）

私がトイレをしている時
トイレのドアがあいていた。
だから弟のりょうたが
「お姉ちゃん、
ウンチしている。
くさい!」
と言いました。

しばらくして弟が
「ウンチ流してない。」
と言ってきた。
それを聞いたママが
「かおり、ウンチ流してないの?」
と言ってきた。
だから私が
「まだしているの!」
と言いました。
次にパパがきて
「かおり、ウンチ流してないのか?」
と言ってきた。
もうイヤになっちゃう。
弟のりょうたに
仕返ししてやると思いました。

父と魚つり

岩田　理奈（三年）

私と父で
魚つりにいきました。
私は
「魚をいっぱいつるぞ！」
とはりきっていました。
そして1分まっていたら
大きい魚が
私のサオにかかった。
すごい力で私が川におちた。
私が魚につられてしまった。

＊　＊　＊　＊　＊　＊　＊　＊　＊　＊　＊　＊　＊　＊　＊　＊

むしパン

小澤　遥（三年）

私は小さいころ、
むしパンがきらいだった。
なぜかというと
むしパンは
ムシがいっぱいついているパンだと
思っていたからだ。
でも今は
そんなのぜーんぜん
気にしないで食べている。
あーあ、
小さいころ食べとけばよかった。

7

おかしな出来事

波のりマン

鬼塚　結花（五年）

夏休みにプールに行った。
ながーい流れるプールで
一人目立つ子がいた。
サメの浮き輪にしゃがんで、
腰をふりながら、
「なみぃー、なみぃー
なみのりマーン。」
と言いながら、
目の前をスーッと流れていった。
見たら4才ぐらいの子だった。
へんなの？

＊　＊　＊　＊　＊　＊　＊　＊　＊　＊　＊　＊　＊　＊　＊　＊

なっちゃん

鬼塚　結花（五年）

弟が冷蔵庫を開けて、
「あっ、なっちゃんだ！」
と言ったので、
「まじ？」
と言って冷蔵庫を開けたら、
ジュースのなっちゃんだった。
私はてっきり
弟の友達がかくれんぼしていると思って、
おどろいてしまった。

おじさん

丸山　毅（六年）

友達の家から自転車で帰ってくる時、
急に後ろから
自転車に乗ったおじさんが、
「ぬーかした！」
と言ってぼくの前を通った。
ぼくは頭にきて、
自転車のギアーを6段にして
思いっきりダッシュした。

おじさんを抜いて、
「ぬーかした！」
と言い返したら、
頭にきてたのがすっきりした。

＊　＊　＊　＊　＊　＊　＊　＊　＊　＊　＊　＊　＊　＊　＊　＊

小さいおばさん

北田　梓（六年）

今日の朝、
通学班の集合場所に行く途中、
いきなり知らないおばさんに
腕をつかまれた。
そしていきなり、
「小学生のくせに
そんなに大きくなるんじゃないわよ！」
と言って去っていった。
びっくりしたというより、
「だれ、このおばさん？」
って感じだった。

おだんごでけんか

床嶋　絵理（六年）

お父さんが仕事で、
だんごを3本もらってきた。
私の家族は4人。
だから私が、
「ジャンケンで決めよう！」
と言った。
1人が食べられないが仕方ない。

ジャンケンが始まった。
最初にお兄ちゃん。
次に私。
最後にお母さん。
かんじんのお父さんが負けた。

お父さんは実は
おだんごが大好き。

なんだかかわいそうだった。
でもそんなことを忘れて
「ちょー、おいしい！」
と思わず言葉が出た。

骨折

鈴木　あゆみ（四年）

私は三年生の時
骨折をしました。
鉄棒ですわって
前回りをしようとして
手をはなして落っこちました。

泣かなかったけど
親指が痛くて熱くなりました。
ハンカチをぬらして
親指をハンカチでおさえました。
とりあえず教室に帰って
そのまま授業をやろうとしました。
すると先生が
骨折に気がつきました。

保健室に行って
タクシーで病院に行きました。
そのとき私は
「タクシーにのれて良かったぜ！」
と男言葉で思っていました。

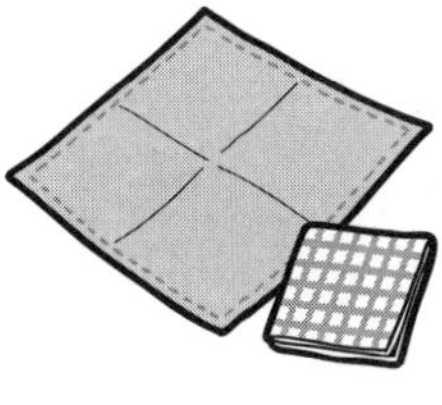

いたずら

松原　美里（四年）

今日お父さんにいたずらした。

お父さんがねていたから、
足のうらにペンで、

「水虫大王」

とか
「足くさ」

とか
「まぬけ」

とかを書いた。

お父さんはしばらく気がつかなかった。

でも私が笑ったら起きてしまいました。

お父さんが、
「なんだコレ？
だれが書いたんだ？」
と聞いてきたので私が、
「私とお母さんが書いたんだよ。」
と答えました。
そしたらお父さんがおこりました。
私が大笑いしたら
もっとおこりました。
でもまたやろうと思います。

じゅもんのかえ歌

江口　響子（四年）

こないだ
『しずく君のわり算のぼうけん』の
最後のプリントが終わった。
最後のプリントが終わると、
じゅもんの紙がもらえた。
それは、
「オシリがコロコロでっかいな！
お池にはまってさあ抜けない。
大変あせるよ、どうしよう。
みんなでいっしょにこまりましょ！」
というどんぐりコロコロのかえ歌の
じゅもんだった。
帰ってお母さんに言ったら、
大笑いした。

そしてお母さんが
お姉ちゃんに対して、
「オシリがコロコロでっかいな！
便器にはまってさあ抜けない。
大変あせるよ、どうしよう。
一人で勝手にこまってる！」
というかえ歌を作った。
私は大笑いしてしまった。

増田先生の問題

杉山　優花（四年）

6月2日にスタンプラリーがあった。
私は児童会で
フラフープの担当だったので、
スタンプラリーに出られなかった。
それでお兄ちゃんに
どんなクイズが出たか聞いた。

なんと増田先生の問題は、
「うちの学校の中で、
一番カッコイイ先生は？」
というものだった。
私はすぐに、
「はらだ先生――！」
と答えた。
そしたらお兄ちゃんは、
「ちがうよ！
答えは増田先生だってよ。
あの問題、チョー答えづらいよ。」
と言った。

これを聞いたら、
増田先生おこっただろうなー。

独身ですか？

卯木　彩乃（四年）

こないだお化け屋敷に入った。
入る前は
中からみんなの
ヒャーヒャーという悲鳴が聞こえるので
こわかった。
でも入ったら変わった。
かえっておもしろかった。
なぜならお化け役の人に
「独身ですか？」
と聞いたからだ。
全員に聞いたが、
答えたのは一人だけだった。
その人に
「お幸せに～。」
と最後に言った。
みんなにバカ受けした出来事だった。

＊　＊　＊　＊　＊　＊　＊　＊　＊　＊　＊　＊　＊　＊　＊　＊

顔をふいて

石井　裕之（四年）

家族でつりにいった。

帰り道にお父さんが
ガソリンスタンドによった。

そして、

「ガラス、ふいて！」

と言うかわりに、

「顔をふいて！」

と言った。

ぼくのお父さんは
よっぱらっているのでしょうか？

お誕生日

松原　美里（四年）

7月の私の誕生日に
いとこのけんしゅうが
バースデーカードをくれた。
中に絵がかいてあった。

その絵を見て大人たちが
「何コレ、何コレ？

これなに？」

「うし？」

とか言っていた。

私はその絵を見てすぐにわかった。

「あ、これベッドでしょう。」

「ピンポーン、せいかい！」

けんしゅうが言った。

ママが
「この小さいのは何？　ねずみ？」

と聞いた。

私が
「ちがうよ。目覚まし時計でしょ。」

と言った。

「せーかーい！」

大人たちは、

「わー、すごい。

なんでわかったの？」

と言った。

けんしゅうは、

「なんで大人はわからないの。」

と言った。

ところでバースデーカードに
なんでベッドと目覚まし時計なの？

いろいろな音

岡野　恵梨沙（四年）

ふとんに入ってねようとした時
姉のあやかがオナラをした。
「プー、プー、ブー、プ〜。」
と最後の「プ〜。」だけが、
ずいぶん長かった。

次の日にソファにすわって
テレビを見ていたら、
「プシュ〜。」
と急に鳴った。
「今のオナラ？」
とあやかに聞いたら、
「うん！」
と言った。
そしてそのあと、
私のおなかが
「げろろろろ〜。」
と鳴った。
色々な音が聞こえた
2日間だった。

お父さんは中学生?

並木　勝也（四年）

ぼくとお父さんが野球をやっていると、
おばあさんが通りました。
「ぼくは、5年生?
それとも3年生?」
と聞かれました。
ぼくは失礼だなと思ったけど、
「4年生です。」
と答えました。

次にお父さんに、

「中学生?」

と聞きました。

お父さんは、

「いいえ、おとなです。」

と答えました。

最後に家から出てきた弟に、

「幼稚園生?

それとも保育園生?」

と聞きました。

なんだか変なおばあさんです。

豆まき

松原　美里（四年）

土曜日におばあちゃんちで、
いとこと豆まきをすることにした。
ごはんを食べ終わってテレビを見ていたら、
おじいちゃんが豆を
バリボリ食べていた。
「あー、あとで豆まきをするのに…。」
と言ったら、
「おじいちゃんはおなかの中に、
豆をまいているんだよ。」
と言った。
私は笑いたかったけど、
悪いと思ったから笑いをこらえた。
おなかの中に豆をまいて
どうすんだ！

＊　＊　＊　＊　＊　＊　＊　＊　＊　＊　＊　＊　＊　＊　＊　＊

電話

佐藤　友紀（三年）

少し前に
「マンション、買いませんか？」
という電話がきた。
お兄ちゃんが出て
「バウ！」
と言ったら
もうマンションの電話はこなくなった。

家でプロレス

和智　海人（四年）

前宍倉君に、
プロレスのゲームをかりた。
ぼくがしょっちゅうやっていて、
「お兄ちゃんもやろうよ。」
と言ったら、
「ああ。」
と言ったのでいっしょにやった。
そのゲームの中で
「キャメルクラッチ」とか
「四の字がため」など、
たくさんの技があった。
だからお兄ちゃんが
弟の日出人にやってみた。
「四の字がため〜！」
とか
「腕ひしぎ十字がため〜！」
また
「がんじがらめ〜！」
とかやっていたら、
弟の日出人が泣いてしまった。
お母さんがきて
「なにやったの！」
と言ってきたので、
「いや、ちょっとふざけていたら
日出人が泣いたんだよ。」
といいわけをした。
二日くらいたってから
「もうあんな事がおこらないように…。」
と思いながら
そのゲームを返した。

てんとう虫

足立　瑠花（三年）

私が学校で遊んでいたら、
知らない小さな男の子が
死んだてんとう虫をくれました。
本当はいらなかったけど、
しょうがないので
うけとりました。
でも、
もらってもしょうがないので、
草の中においときました。

＊　＊　＊　＊　＊　＊　＊　＊　＊　＊　＊　＊　＊　＊　＊　＊

問題

福島　綾介（三年）

今日学校から帰ってきて、
お母さんに問題を出しました。
「百円を一つ、十円を二つ持って
買い物をしました。
九十円のガムを買いました。
おつりはいくら？」
と聞きました。
そしたらすぐに
「三十円！」
と言いました。
ぼくは
「答えは十円だよ。」
と言いました。

おばあちゃん

佐藤　友紀（三年）

おばあちゃんと買い物に行った。

帰る時におばあちゃんが
人の自転車に荷物を積もうとしていた。

私がおばあちゃんに、

「それ、ちがう人の自転車だよ。」

と言ったら、

「うん？」

と言っていました。

うちのおばあちゃんは
のう天気です。

＊　＊　＊　＊　＊　＊　＊　＊　＊　＊　＊　＊　＊　＊　＊　＊

フトンたたきで勝負？

森　有太（四年）

ぼくがガソリンスタンドの近くを
自転車で通った。
そしたらフトンたたきの音がした。
すごい音だった。
マンションでたたいていた。
別々の部屋だった。
「ドンドンドンドン…。」
と音がした。
両方女の人でした。
真剣な顔をしていました。
まるで二人で戦っているようでした。
こんなことで
どうして真剣になっているのかな？

おこったおばさん

山本　脩太郎（四年）

ぼくはこの前
空手から帰る時に
おばさんがいた。
そのおばさんが文句を言ってきた。
ぼくたちがしゃべっているのが
うるさいそうだ。

友だちと帰るときぼくが、

「あのおばさん、なに？」

と言ったら友だちに
「おばさんに近いところで
そんな事言っちゃダメでしょ！」

と言われました。

ぼく以外の子は口々に、

「がみがみババア。」

とか
「くそばばあ。」

とか言っていた。

ぼくのお母さんは
「そんなこと言っちゃダメでしょ！」

と言った。

そうしたら一人の子が
「ぼくはばばあなんて言ってないよ。

ちゃんとレディーをつけたよ。」

と言った。

それから
「ぼくはがみがみレディーと言ったよ。」

と言った。

みんなで大笑いした。

ゆうえんちでのきょうふ

金子　竣（四年）

この前遊園地で乗り物に乗った。
その時遊園地の人に
「ぬれますから
カッパを着て乗ってください！」
と言われました。
だからカッパを着て乗りました。
そしたら大きな恐竜が
急に出てきました。
そして息するヒマもなく
急降下しました。
そのあと思いっきり
頭から水をかぶったので
「こわかったね。」
とお母さんが言った。
ぼくがお母さんの顔を見ると、
けしょうがとれて
変な顔になっていた。
目の下に黒い線が
しずくのようにたれていた。
乗り物より
お母さんの顔の方がこわかった。

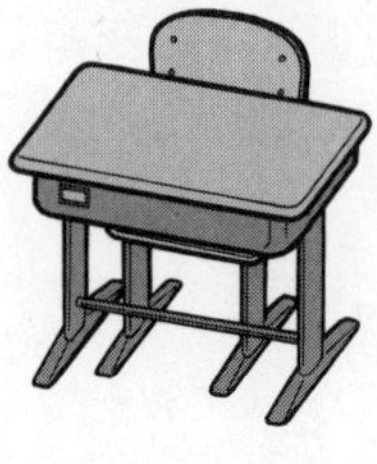

お父さんの日焼け

金子　竣（四年）

お父さんの体の皮がむけた。
腕と背中がものすごくむけていた。
それは旅行中に
日焼け止めをぬらなかったからだ。
だからぼくとお母さんで、
ガムテープを使ってとることになった。
ぼくが背中をむいていたら、
下まで続いていた。
だからズボンとパンツをさげた。
そしたらおしりの皮まで
めくれていました。
ガムテープでとろうとしたら、
お父さんが
「やめて！」
と言ったので、
やめました。

でもおしりの穴まで
めくれていました。
ぼくはお母さんに見せました。
そしてガムテープでとることに
なりました。
半分ぐらい終わったところで、
お父さんがまた
「やめて！」
と言いました。

でもなんでお父さんの
おしりの皮がむけているんだろう？
お父さんは
おしりを出して
日焼けしていたのかな？

だいすけ

高野　敦美（四年）

この前げた箱で、
なおとりさと私が話していた。
りさがいきなり、
「なお、白パン見えてる！」
と言った。
そしたら近くにいただいすけの顔が
だんだん赤くなってきた。
私が、
「もしかして
なおのパンツ見た？」
と聞いたら、
「ちがうわい！　ちがうわい！」
と言ってかくれた。
私は
「ものすごくあやしい。」
と思った。

＊　＊　＊　＊　＊　＊　＊　＊　＊　＊　＊　＊　＊　＊　＊　＊

そうおばさん

石井　裕梨（四年）

この前
イトーヨーカドーに行ったら
古くさそうな洋服を着たおばさんが、
思い出したことを、
「そう、そう、そう、そう、そう、そう、
そう、そう、そう…。」
と言っていました。
私は「そう」が多すぎだなぁ
と思いました。

若い？

中野　詩帆（四年）

私が
お母さんのあとをおっていると、
髪の毛の色がハデだから、
うしろから見ると、
少しだけ若く見えました。
でも前から見ると、
どこにでもいるような
おばさんでした。

＊　＊　＊　＊　＊　＊　＊　＊　＊　＊　＊　＊　＊　＊　＊　＊

もしやセクハラ？

飯倉　仙一（四年）

ぼくがいつものように
風呂に入っていたら、

「ア〜ン、ア〜、
ヤメテヤメテヤメテ〜」

というお母さんの悲鳴が聞こえた。

「なにかあったのかな？」

とぼくは風呂を飛び出した。

「も〜、静かにして！」

というお父さんの声もした。

「も・もしやセッ、セクハラ？」

と思った。

それで2人がいる場所に行ってみると、
お父さんがお母さんの
肩をもんでいた。

「なんだ、そんなことだったのか〜。」

と思った。

あずま湯で

佐藤　大吾（四年）

ぼくがあずま湯に行って
風呂から出ました。
そしたら男の人が
でっかな鏡の前で
一人でかっこつけていました。
十五分くらいやっていました。
そのあとに
おしりにウンチをつけた男の子が
ぼくの前を走っていきました。

＊　＊　＊　＊　＊　＊　＊　＊　＊　＊　＊　＊　＊　＊　＊　＊

節分っておもしろい

村松　雅哉（四年）

今日は節分だった。
妹のれなが
すごく楽しみにしていた。
それでお父さんが
オニのお面をかぶって外にでた。
だからぼくは、
「ハゲは外！」
と言って豆を投げた。
それからお父さんが
ズボンとパンツをさげて、
「ワォー」とか言っていたら、
近所の人が
ドアを開けようとしたので
お父さんがダッシュでもどってきた。
節分っておもしろいな。

あじ

白鳥　香帆（三年）

じいちゃんと絵をかいた。
変な絵だったけど
じいちゃんが
「この絵はあじがあっていい。」
と言った。
私が
「絵のあじってなに？」
と聞いたら
じいちゃんが困って
返事ができなかった。

＊　＊　＊　＊　＊　＊　＊　＊　＊　＊　＊　＊　＊　＊　＊　＊

せんたく物の山

岩崎　大祐（三年）

ぼくのうちのふとんの横に
せんたく物が
どっさりと山になっています。
せんたく物がベランダから
ほうり投げられて
部屋の和室のふとんをとびこえ
せんたく物の山の中に
投げすてられます。
ぼくの大事な物が
パパのパンツの
下じきになっていることもあります。
だからすぐに
パパのパンツを投げすてます。

トイレそうじ

三浦　諒太（三年）

今日ぼくはトイレそうじだった。
全部おわったので
ひろゆきが点検していたら、
「ちん毛がある。」
と言った。
ぼくはうそだと思った。
見に行ったら
本当にヒョロヒョロの
ちん毛があった。
ぼくは
「3年生でちん毛がはえるのかな？」
と思った。
そのことをママに言ったら、
「諒太にちん毛が1本でもはえたら、
おふろに入らないからね。」
と言った。

＊　＊　＊　＊　＊　＊　＊　＊　＊　＊　＊　＊　＊　＊　＊　＊

社会のまど

坂江　周平（三年）

前ぼくが、
社会のまどをよーく見たら
チャックの所に
キーホルダーをつける所があった。
だからキーホルダーの
わっかをつけて
「オレのちんちん、銀色だぞ！」
と弟に見せたら
弟もまねして
「オレのちんちんもだぞ！」
と言ってきた。
銀色なのはよかったけど
その下に金玉があったら
もっとおもしろかったのにな。

お父さんと戦った

永森　航汰（三年）

ぼくがきのう
ごはんを食べ終わったあと、
「戦いしよう。」
とお父さんに言った。
そしたら
「泣くなよ！」
と言ってきた。

食べ終わって戦いをしようとしたら、
お父さんがねていた。
たたき起こそうとしたら
「うそねだよ。」
とお父さんが言った。

お父さんにむりやり
足を4の字がためされて
ぼくが泣いてしまった。
だからにげる時に
お父さんのちんこに
パンチをしたら
お父さんが泣いてしまった。

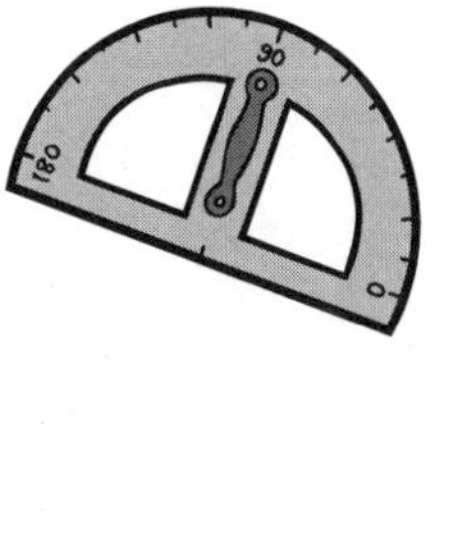

あっかんべーぇ

長川　翼（三年）

たった今母ちゃんに
ちょっとうるさくしただけなのに
「しゃべるな！
動くな！
息とめろ！」
と言われた。
お兄ちゃんは
「動け！
急げ！
シャツしまえ！」
と言われていた。

頭にきて二人で、
母ちゃんにあっかんべーぇをした。
そしたらスリッパがとんできて、
ぼくの頭にちょくげきした。

母ちゃんは
大喜びしていた。
だからまた
あっかんべーぇをしてやった。

ゲップ

高野　美帆（三年）

1月1日に
はつもうでに行った。
そしたら帰りに
お母さんがいきなり
「バオウゥ〜。」
と言い出した。
お母さんに
「いまのなぁに?」
と聞いたら、
「ゲップだよ。」
と言った。
私はてっきり
くしゃみかと思った。

＊　＊　＊　＊　＊　＊　＊　＊　＊　＊　＊　＊　＊　＊　＊　＊

テレビ

澤田　拓海（三年）

ぼくんちのテレビは
最近調子が悪い。
調子がいい時は、
きれいにうつっているけど、
たまに画面が
真っ暗になる。
「テレビ買ってよ!」
とお父さんに言ったら、
「たたけばなおるよ!」
と言った。
妹がテレビをたたいたら
本当にテレビがうつった。
いったいこのテレビは
どこがこわれているんだろう?
ぼくはふしぎだ!

熱を出した

竹内　菜摘（三年）

私が二年生の時に熱を出した。
医者に行って薬をもらった。
でもさがらなかった。
私はお昼ごはんまでねていた。
お昼になったから
ママが起こしにきた。
私は起きたけど
おかゆを食べられなかった。

次の日
パパが無理矢理休んだ。
だから
「今日はパパが
せわをしてくれるな。」
と思った。

だけどパパは
パチンコに行ってしまった。
だから休んだ意味がないな
と思った。

自転車でこけた

中村　奈津美（四年）

ママが自転車でこけた。
しかも、かなみとこう太をのせて…。
かなみは自転車の下じき。
でも一番ひどいのはママ。

薬屋に行って
しょうどく薬を買った。
そしたらこう太が、
ごちゃごちゃ
ママに言っていた。
そしたらママが、
「うるさいよー、男のくせに…。」
と言った。
そしたら店員さんが、
「プッ！」
と笑った。
私も小さい声で
「アハハ…。」
と笑った。

おふろでかりんとう？

藤村　美香（三年）

私が2才ぐらいの時、
パパといっしょに
おふろに入った。
そしたら私が
プリプリとおならをした。
そしたらプリップリプリと
ウンチまで出てしまった。
パパが
「おい、美香がウンチをした。」
と言ったら
ママがかけつけてきた。
ウンチは細長い
かりんとうみたいだった。
ママとパパには
大受けしたらしい。

8

失敗だった！

赤ちゃんの名前

上村　卓也（五年）

お姉ちゃんが生んだ赤ちゃんの名前が
今日決まった。
『あつや』という名前になった。
ぼくは、
「覚えやすい名前だね。
夏はあついやー
と覚えればいいいね。」
と言った。
あたりが一瞬にして
し～んとなった。

＊　＊　＊　＊　＊　＊　＊　＊　＊　＊　＊　＊　＊　＊　＊　＊

青空を見ていたら…

八巻　祥衣（四年）

この前の休日に
学校で遊ぼうとしたら、
ものすごく良い天気だった。
私は歩きながら空を見ていた。
そしたら自転車にぶつかって、
けがをした。
（チッ、とんだ災難だぜ！）
と思った。
でもまた上を向いて歩いた。
そしたら今度はなんと
「グチョ～！」
という音がした。
下を見たら
なんとウンチだった。
私は泣いて帰った。

自転車のブレーキ

和智　海人（四年）

ぼくは自転車に乗るのが好きだ。

たまにこけることもある。

たまに変なこけ方をすることもある。

変なこけ方をすると、
男の大事な所を直撃！

「キーン！」

「いて〜。」

そのまま1〜2分は動けない。

ある日ぼくは
自転車で散歩に出た。
信号が赤なのでとまろうとして、
ブレーキをかけた。
「ブチッ！」
いやな音がした。
「ゴーン。」

ブレーキのワイヤーが切れて、
かんばんの柱にげきとつした。
そのとき大事な所を
思いっきりぶつけた。
「最悪だ！」
と思いながら帰った。
でもちゃんと無事に
家に帰れた。

火遊び

八巻　郁衣（四年）

私は5才くらいの時に、
学校の非常階段の下で
ライターをひろって遊んでしまった。
いつもならお母さんに、
「火遊びしたら箱につめてすてるよ！」
とか、
「なまはげのけいいたい番号は…っと。
あっ、もしもし、なまはげさんでしょうか？」
などとおこられるけど、
その日はお母さんが近くにいなかったので、
おこられないなと思った。

だけど家に帰ったら、
なんだかお母さんのきげんが悪かったので、

「これはあぶない！」

と思って先に、

「あのね…。ごめんなさい。」

とわけを話した。

そしたらお母さんは、

「そう。楽しかった？」

と聞いてきたので、

「ううん。」

と答えた。

それから
「もう家に入るな。

準備をして持たせてあげるからね。」

と外に出されてしまった。

私は大泣きをして、
あやまってやっと許してもらった。

もうあんなことしないと
私は今でも思っている。

鼻からラーメン

船本　祐介（四年）

ぼくは腹がへったから
ラーメンを食べた。
そしたら鼻がつまってるから、
思いっきり鼻をかんでみた。
そしたらラーメンが少し出た。
そのラーメンを食べたら、
すっごくまずかった。
それに気持ち悪くなった。
そのことを家族に言ったら、
すごく笑われた。

＊　＊　＊　＊　＊　＊　＊　＊　＊　＊　＊　＊　＊　＊　＊　＊

留守番

田口　七菜（四年）

私が一人で留守番している時に、
お湯を出していた。
私はゲームをしていたので
全然気がつかなかった。
お母さんが帰ってきて
お湯を出したら冷たい水だった。
お母さんが、
「お湯、もしかして出してる？」
と聞いてきた。
私は「ハッ！」とした。
見てみたらあふれていた。
結局一時間三十分も
お湯を出していた。

その日私の夕飯はなかった。

犬のウンチ?

山本　脩太郎（三年）

水族館に家族で行った時に、
なぎさで昼ごはんを食べた。
その後でお父さんと
キャッチボールをした。
帰るときに
やわらかい石を見つけたのでひろった。
その石を見て
お父さんとお母さんは、
「犬のウンチじゃないの?」
と言いました。
ぼくはその石をすてました。

＊　＊　＊　＊　＊　＊　＊　＊　＊　＊　＊　＊　＊　＊　＊　＊

バンジーボール

山岸　里冴（三年）

弟と私で
バンジーボールで遊んでいた。
弟がひもを持ち
私がボールを持った。
弟が
「はなしていいよ。」
と言ったのではなしたら、
ピューととんでいって、
弟のオチンチンにあたりました。
弟は私にバンジーボールを投げて、
家の中へ入ってしまいました。
そのあと弟は、
おぜんの下で泣いていました。
みんなに話したら、
大笑いになった。
でも弟だけは泣いていた。

ごちそうさま？

矢田目　奈穂（三年）

この前私が
算数プリントの宿題をやっている時、
プリントが終わった。
「終わった！」
と言おうとしたら、
なぜか
「ごちそうさま！」
と言ってしまった。
どうしてあんなことを
言ってしまったんだろう？

＊　＊　＊　＊　＊　＊　＊　＊　＊　＊　＊　＊　＊　＊　＊　＊

パジャマにおしっこ

飯倉　仙一（三年）

この間かぜをひいていたので、
だらんだらんトイレに入った。

その時、

「ピシャ！」

とパジャマにおしっこがひっかかった。

「お母さん、おしっこひっかけた。」

と言ったら、

「アラ、仙もなのー？」

と言った。

見るとお父さんも
パジャマにおしっこをひっかけていた。

でもお父さんもいっしょに、
かぜをひいていたので
しょうがなかった。

「やっぱ、親子ね。」

小麦粉をかぶった

高野　美帆（三年）

2～3才のころに
いたずらで小麦粉で遊んでいました。
そしたらいきなり
小麦粉をかぶってしまいました。
お母さんが気づかなかったので、
「ウエッーソー。」
と泣きました。
お母さんが
「あーっ、
みほちゃんが
小麦粉かぶってる。」
と言って
勝手に写真をとりました。
だから私はますます泣いて
ゾンビのようになったそうです。

＊　＊　＊　＊　＊　＊　＊　＊　＊　＊　＊　＊　＊　＊　＊

トイレにはまった

田中　和真（三年）

ぼくが家でうんこをしたくなった。
トイレに入ったけど
なかなか出なかったので、
力を入れたら
勢いよく出た。
だけど、トイレにはまってしまった。
「助けて!」と言ったけど、
カギがしまっていて
お母さんにはあけられなかった。
いろいろやって
5分後に戸があいて
トイレからやっと出られた。
よかった。

かたたたき

佐藤　由莉奈（三年）

前にお母さんとお父さんが
「かたたたきをしてくれたら
おこづかいをあげる！」
と言ってきた。
だからお母さんに、
かたたたきを百秒ぐらいやってあげた。
だけどたったの十円だった。
そしたらお兄ちゃんが、
「おやじ（お父さん）のところはなー
一分二十円だぜ！」
と言った。
これって失敗？

＊　＊　＊　＊　＊　＊　＊　＊　＊　＊　＊　＊　＊　＊　＊　＊

鏡を洗った

山田　征弥（三年）

今日の夜
自分の体を洗っている時に
つかれていて
いつのまにか鏡を洗っていた。
お父さんに
「自分の体を洗いなさい。」
と言われたので
「あっ、わすれてた。」
と言った。
「この鏡がぼくの体だったら…。」
と思いました。

手じょうにかかった

水野　蓮也（三年）

ぼくとこうた君で
土曜日にあそんだ。
その時に手じょうを見つけた。
それで手じょうを手にかけてみた。
そしたらとれなくなった。
ぼくだけじゃなく
こうた君も手じょうにかかった。

二人で手じょうにつながれたので、
いっしょに歩いて
おもちゃやに行った。
こうた君が
「おしっこをしたい！」
と言った。
でも手じょうでつながれているので
おしっこがぼくのズボンにかかった。

手じょうはぼくの家にかえって
お母さんにはずしてもらった。
はずれなかったら、
そのまま学校に行かなくちゃ
いけなくなるところだった。

9

思っていること、言いたいこと

お母さんに言いたい

鬼塚　結花（五年）

お母さんはたまに
昔のゲームにはまってしまう。
私もお母さんと
ゲームをやるのは楽しいけど、
一つだけやめて欲しいことがある。
「この面だけはクリアーさせて！」
と言って夜ごはんを作らないのは
やめてほしい。

＊　＊　＊　＊　＊　＊　＊　＊　＊　＊　＊　＊　＊　＊　＊　＊

年をとると

仁科　裕美（五年）

年をとると
大人は年をかくそうとする。
私は、
「はずかしいんだな。」
と思う。
別にかくさなくったっていいのに…。
年をとるとおばさんは、
ハデなかっこうをする。
「みんなにアピールしたいんだな。」
と思う。
別にアピールしなくてもいいのに…。
なんか年をとると、
そんばかりのような気がしてくる。

雨の日の私

野口　沙汐利（五年）

私は雨の日、
「友達と遊べないな。」
と思うより
「せんたく物がかわかないな。」
そう思うほうが多くなりました。
もしかして
オバサン化しているのかも？

＊　＊　＊　＊　＊　＊　＊　＊　＊　＊　＊　＊　＊　＊　＊　＊

リンゴの皮むきとピアノ

宇津木　城太朗（五年）

学校の家庭科室で、
リンゴの皮むきをした。
自分でもおどろくぐらい
へただった。
それを見ていた先生が、
「これでもピアノが上手なのかー？」
と言った。
ぼくは皮むきとピアノの関係を
あとで考えた。
全然関係ないように思った。
「先生、
ピアノと
リンゴの皮むきの関係が
わかりません。」

口ごたえ

上村　卓也（五年）

このごろぼくは
口ごたえをするようになった。
お父さんに
「テレビ消せ！」
と言われても、
「お父さんの言うことを
きかなくちゃいけないきまりなんて
あるんですか？」
と答えてしまう。
悪いくせがついたので
気を付けようと思っているけど、
口に出してしまいます。
「いつか怒られるかな？」
と思っています。

＊　＊　＊　＊　＊　＊　＊　＊　＊　＊　＊　＊　＊　＊　＊

十円のおかしで…

田中　智弘（五年）

セブンイレブンで
十円の「わさびの太郎」
というおかしを買った。
前に食べたことがあるので、
からくないと
わかっていたはずなのに…。
めちゃんこからい。
鼻にツーンとくる。
そしたら涙が、
ボロボロ出てきた。
お姉ちゃんも泣いていた。
十円おかしも
バカにできないほど強い。

バカがかぜをひく？

宇津木　城太朗（五年）

ぼくもかぜをひいた。

だから、

「バカはかぜをひかない。」

という言葉を思い出して
お母さんに、

「ぼくはバカじゃないね。」

と言った。

そしたらお母さんが、

「今はバカがかぜひくのよ。」

と言った。

バカはかぜひくの？

それともひかないの？

＊　＊　＊　＊　＊　＊　＊　＊　＊　＊　＊　＊　＊　＊　＊　＊

ひな祭り

上野　諒（五年）

今日はひな祭りだ。

「女が主役だ！」

という感じでいびられた。

ケーキを取るときには、

「女が優先でしょ！」

と言われた。

この仕返しは、
5月5日に返したい！

つけが回ってきた？

仁科　裕美（五年）

宿題の漢字をやっていて、
「つなをはる」の「はる」が
わからなくなった。
だからひまそうなお父さんに聞いた。
そしたら、
「あ、あれ？
えーと、どう書くんだっけ？」
だってサ。
私が聞いているのに…。

次に新聞を読んでいるお母さんに聞いた。
「えーと、あれ？
どう書くんだっけ？」
だってサ。
その後も二人で紙に書きながら悩んでいた。
だから私は辞書を調べた。

その方がはやかった。
お父さん・お母さん、
小さいとき漢字をやらなかったつけが
回ってきたんじゃない？

魚の解剖

稲垣　宏彰（六年）

理科の時間に解剖をした。
ぼくはものすごく生ぐさかったので
解剖をしなかった。
解剖が終わるまで
外でカモなどを見ていた。
解剖した魚を見たら
生ぐささと気持ち悪さで
また外へもどった。

今年は魚の刺身は
食べたくない。

＊　＊　＊　＊　＊　＊　＊　＊　＊　＊　＊　＊　＊　＊　＊　＊

ピーちゃん

梅田　悠史（六年）

お祭りで値切って買った小鳥が
死んでしまった。
世話をよくやっていたのに…。
元気よく
ぼくをつっついていたのに…。
お金があるのに
値切ったからかなー？
抱いてやらなかったからかなー？

死んでしまってから
家の中が静かになった。

チカン

桑原　桃子（六年）

歯医者の前でお姉ちゃんを待っていたら
知らない女の人に
「何してるの？　こんなところで。
チカンだと思われるわよ。
オホホホホ…。」
と言われた。
私はボー然とした。
見ず知らずの女の人が
私を一目見ただけで
チカンと言うなんて…。
私って
チカンに見えるの？

＊　＊　＊　＊　＊　＊　＊　＊　＊　＊　＊　＊　＊　＊　＊

こわい人形

松原　美里（四年）

うちにはひいおばあちゃんにもらった
こわい人形がある。
真っ黒の髪で赤い口紅の日本人形。
いかにもこわい話に出てきそう。
私は夜にその人形を見ると、
ぞっとする。
でも捨てるのはもっとこわい。
だからママと話し合って
ひいおばあちゃんに
返すことにした。
ひいおばあちゃんは
ボケているので
きっとわからないだろう。
でも返したのを忘れて
また私にくれたら
どうしよう。

背が大きくなりたい

村松　知輝（四年）

ぼくは背の順で前から4番目だ。

ぼくはたまに
「村って、後ろから何番目？」

と聞かれる。

ぼくは、

「後ろからじゃかぞえられないよ。」

と言う。

そしたら友だちが、

「じゃぁ、何番目なの？」

と聞いてくる。

ぼくが
「前から4番目だよ。」

と言うと、

「ちっちぇなあー。」

と言われる。

サッカーのコーチには、

「あとは体の肉をもっとつければ
一流のストライカーになれるよ。」

と言われる。

かんとくには、

「村、もっと牛乳飲め！」

とか
「魚を食べろ！」

とか言われる。

ぼくは吐くまで食っているのに、
全然大きくならない。

なんでかなぁ？

ぼくはたまに
「牛肉を体にはりつけたい！」

と思うことがある。

ぼくも体の大きい玄輝君みたいに
大きくなりたい。

家庭訪問とそうじ

村松　知輝（四年）

うちのお母さんは
ゴールデンウィークから
「5月9日、家庭訪問だわ。
部屋をそうじしなきゃ。」
とふざけたことを言っていた。
そしてそうじしないうちに、
ゴールデンウィークが終わった。
そして5月9日当日
ぼくが家に帰ってきたら、
1階の部屋が
ものすごくキレイになっていた。
そしてぼくが2階の自分の部屋に
ランドセルを置こうとして
自分の部屋に入ったら、
ぼくの部屋が
ものすごくきたなくなっていたので、
「ウヴァー！」
とさけんでしまった。
よーく見てみると
下の1階にあった物が
自分の部屋にいっぱい置いてあった。
ぼくは、
「ただ下にあった物を
2階にうつしただけじゃないか！」
と思った。
ぼくがお母さんに
「なんで下にある物が
ぼくの部屋にあるの？」
と聞いたら、
お母さんは何も言わなかった。
来年の家庭訪問のそうじは
ちゃんとやって欲しい。

どっちがいいのかな？

岡野　恵梨沙（四年）

この前美里ちゃんの詩で、
「ハムスターが
しゃべったらいいのに。」
というのがあった。
でもうちのママは犬のことで、
「しゃべらない方がいい。」
と言っていた。
なぜなら、
だっこしようとして
「やめろよ！」
とか言われたり、
ごはんをあげようとしたら、
「今食べたくねぇーんだよ！」
とか言われたらムカツクんだって。

私は美里ちゃんも正しいし、
うちのママも正しいと思うから、
どっちが正しいのか
いまだにわかりません。

目薬

新見　慧太（四年）

今日の夕方、
目がショボショボしていたので、
熱をはかった。
熱はなかったが、
目がショボショボしていたから、
「こっちに来て。
目薬をするから…。」
とお母さんが言った。
そう言われたぼくは、
階段をのぼって
水中めがねをとってきた。

それを見たお父さんに、
「バカじゃないか。」
と言って水中めがねを取り上げられ、
目薬をすることになりました。

ぼくはすぐに目をつぶりました。
それでも無理矢理さされました。
ぼくはすごく目がしみて、
泣きそうになりました。
もう目薬は二度としたくない
と思いました。

はるさめ

松原　美里（四年）

ごはんを食べている時に
はるさめのサラダがあった。
そしてはるさめをとったら、
たまたまテーブルの上に落ちた。
それがSPEEDのSに見えた。
そこでもう一本食べるふりして、
テーブルにPを作っていた。
そしたらママに
「こら、はるさめで字を書くな～！」
とおこられた。

「だってはるさめが落ちて
Sになったから、
Pを作っていたの。
だから最後まで作らせて。」
と言った。

「ダメ、きたないでしょ。」
結局作らせてもらえなかった。
あ～あ、最後まで作りたかったな～。

授業参観

高島　祥平（四年）

今日の授業参観で、
性教育をやりました。
男の子の時中谷君が
「ペニス」
と言ったら、
ぼくの前の席の有馬君が
うれしそうに
笑っていました。
ぼくは
「なんで笑っているんだろう？」
と思いました。
たぶんペニスが好きなんだな。

＊　＊　＊　＊　＊　＊　＊　＊　＊　＊　＊　＊　＊　＊　＊　＊

抜けそうな歯

田口　七菜（四年）

私は今歯がグラグラしている。

お母さんに、

「歯がグラグラしてるー。」

と言ったら、

「トンカチでたたいてやろうか？」

と言いました。

私は「ヤダー！」と言いました。

次の日増田先生に、

「歯がグラグラして痛い。」

と言ったら、

「ペンチで抜いてやろうか？」

と言いました。

私は「エー！」と言いました。

先生とお母さんは、
自分でやった事がないのに、
私を実験台にしようとしています。

先生の子どものころ

江口　響子（四年）

先生がこの前
「増田先生の子どものころは、
高島君と村松君を合わせた感じだよ。」
と言っていた。
私は今いち良くわからなかったけど、
「ちょーうるさい悪ガキだった。」
ということだけは
はっきりわかった。
そして私は
先生の顔を見てなっとくした。

＊　＊　＊　＊　＊　＊　＊　＊　＊　＊　＊　＊　＊　＊　＊　＊

ガチャポンのブタ

卯木　彩乃（四年）

マルエツにあゆみと行った時に、
小さい動物の人形が出てくる
ガチャポンをやった。
1回目は私はブタで
あゆみがモモンガだった。
「まーいいか。ブタもかわいいし…。」
と思いながらも
モモンガがうらやましかったので
もう一度やった。
そしたらあゆみはリスで
私はまたしてもブタだった。
「あ〜あ、双子になっちゃったよ〜。」
と思ってブタの説明書を読んだら、
なんとブタは十匹兄弟だった。
だからあと八匹集めようと
燃えてきた。

オレって変？

宍倉　成人（四年）

ふつうはみんな
寒いと熱を出したり
かぜをひくのに、
オレは暑いと熱が出る。
だから冬でも半そでだ。

みんなオレのことを
「半そでマン。」
とよんでいる。

＊　＊　＊　＊　＊　＊　＊　＊　＊　＊　＊　＊　＊　＊　＊

スイミングの先生と増田先生

山本　脩太郎（四年）

ぼくはこの前
スイミングのテストでした。
その時先生が目を細くして、
テストの人を見ていました。
だからぼくが
「先生、目が悪いんだったら、
メガネをすれば…。」
と言ったら
「顔はいいんだけど、目がな～。」
と言った。

スイミングの先生が
増田先生と
にたようなことを言っていました。
でもぼくには二人とも、
顔がよさそうにはみえません。

シャンプー

村松　雅哉（四年）

この前
シャンプーの中身がなくなった。
次の日
シャンプーの中身が多かった。
「シャンプー入れたの？」
と聞くと、
「入れてない。」
と言った。
使ってみたら
水っぽかった。
ぼくは
「水を入れただけじゃん！」
と思った。

＊　＊　＊　＊　＊　＊　＊　＊　＊　＊　＊　＊　＊　＊　＊　＊

うちの親

佐藤　友紀（四年）

みんなの親は
お父さんが強くて
お母さんが弱いのかな？
そうだとしたら、
うちの親はちがう。
だってうちは
お父さんの方が弱い。
それにみんなの親は
お父さんが体重が重くて
お母さんが軽いのかな？
うちはちがって
お母さんの方が重い。
なんでうちの親って
ちがうのかな？

先生

佐藤　大吾（四年）

ぼくが先生を見ていたら、
鼻をほじっていました。
人差し指でほじるのはわかるけど、
小指でほじっていました。
そのあと指でこすって
何かをしていました。
ぼくは先生の鼻が小さいから、
小指でほじるのかと思う。

＊　＊　＊　＊　＊　＊　＊　＊　＊　＊　＊　＊　＊　＊　＊　＊

つい弟の○○を

関口　富久美（四年）

この前私はテレビを見ている時に
弟のおしめを取り替えることになった。
お母さんが
「おしっこ取り替えるからこい！」
と言ったので
わたしはテレビを消して
弟の面倒をみました。
そんなとき私は
つい弟のオチンチンをさわっちゃいます。
だってさわると
なんか気持ちいいんだもん。

ぼくの自転車

福島　康弘（三年）

ぼくはお姉ちゃんの
おさがりの自転車を使うことになった。
だけどピンクだったので、
色を変えることにした。
「何色にぬりたい？」
と聞かれたから、
「青と緑色とむらさき。」
と答えた。
それなのに
青だけにされた。
自転車おき場においたら、
すごく目立った。
なんで注文と違うんだろう。

＊　＊　＊　＊　＊　＊　＊　＊　＊　＊　＊　＊　＊　＊　＊　＊

水虫

田中　浩之（三年）

ぼくのお父さんの足のうらに
水虫があります。
お母さんは、
「水虫がうつるから
お父さんのスリッパをはいてはダメ！」
と言います。
ぼくにもできたみたいなので、
病院に行ったら、
「水虫ではない！」
と言われました。
よかったです。
お父さんのスリッパは
もう二度とはきません。

デブゴン

長川　翼（三年）

ぼくはこのごろすごく食欲がある。
おやつもいっぱい食べているのに
ごはんもいっぱい食べる。
でも
「おかわり」
と言うと、
「デブゴンになるよ。」
と母ちゃんが言う。
そういう母ちゃんは
もっとデブゴンだ。
ブタとゴリラとウシを
まぜたような母ちゃんだ。
よるぼくたちがねてから
お菓子もいっぱい食べている。
ぼくも大人になって
お菓子をいっぱい食べたいな。

＊　＊　＊　＊　＊　＊　＊　＊　＊　＊　＊　＊　＊　＊　＊　＊

一週間メニュー

長川　翼（三年）

今日なんとなくヒマだったので、
一週間の夜ごはんの
メニューを思い出してみた。
月曜日魚だった。
火曜日カレーだった。
水曜日カレーだった。
木曜日シチューだった。
金曜日残ったシチューだった。
土曜日は
冷たくなったごはんで作った
チャーハンだった。
ぼくの家では
2日ずつ食べられるメニューが
多いことに
気がついた。

昔の友だち

永井　里奈子（三年）

私には昔
アーリーという友だちがいた。
お父さんもお母さんも
その子を見たことがない。
私しか見えない人物。
つまり私が考えた人物らしい。

私はアーリーを相手に
遊んだりお話をしたりしていた。
ある時はまどの外に向かって
「バイバイー。」
と手をふっていた。
お母さんが
「だれに手をふってたの？」
と聞くと私が
「アーリーが今帰ったの。」
と言っていた。

今はもう会わないけど、
昔はよく会っていたらしい。
私は
「さみしかったのかなー？」
と思った。
でもよく考えてみると
ちょっとぞくっとする。

せんきょの車

白鳥　香帆（三年）

このごろせんきょの車が
たくさん通る。

いろいろな人の名前を
言っている。

よく聞いていると、

「よろしくお願いします。」

「五千円ありがとうございます。」

と言っていたから
「五千円あげるのかな？」

と思った。

お姉ちゃんに聞いたら、

「ご声援って言ってるんだよ。

応援することだよ。」

と言った。

「五千円あげなくてよかった。」

と思った。

＊　＊　＊　＊　＊　＊　＊　＊　＊　＊　＊　＊　＊　＊　＊

りこんしないでー

布谷　香央理（三年）

私がテレビを見てる時に、
りこんのテレビをやっていた。

そして私がママに、

「りこんの可能性ある？」

と聞いたら
「うん、ある！」

と言った。

パパは、

「えー！」

と言った。

私もおどろいた。

でも私はりこんしてほしくない。

だってごはんが
食べられなくなるから…。

サッカー

野木　佑希（三年）

ぼくのお父さんは、
サッカーがとても好きだ。
このごろテレビで、
サッカーの試合を
たくさんやっている。
だから会社から
急いで帰ってくる。
でも試合がはじまると、
「こいつなんでふかすんだよ。」
とか
「ミスパスすんなよー。」
とか、文句ばかり言う。
もっと静かに見てほしい。
自分がおこられているみたいで
こわいよー。

＊　＊　＊　＊　＊　＊　＊　＊　＊　＊　＊　＊　＊　＊　＊　＊

ママは本当にもててたの？

林田　真実（三年）

ぼくはこないだ
ママにもててたか聞いたら、
「3人くらいにもててた。」
と言った。
だからぼくは、
「本当にもててたの？」
と言った。
そしたらママが、
「本当だよ〜。
もててなかったら
けっこんできるはずないじゃない。」
と言った。
だからぼくは、
「少しでももてていたら、
けっこんできるんだな。」
と思った。

いいわけ

佐藤　由莉奈（三年）

このあいだお母さんに、
もてていたかを聞いた。
そしたら、
「んー、中学・高校・大学ぜんぶ
女子だから…。
ふつうかな？」
と言っていた。
私は、
「ふつうと言っているから、
もててないいんじゃないの？」
と思った。
しかも、
「中学・高校・大学ぜんぶ
女子だから…。」
とか言ってるし…。
それってただのいいわけじゃない？

10

ちょっと下品だけど

ふとんの下のハサミ

川上　陽子（六年）

私のふとんの中から、
小さなハサミが出てきた。
「これなーに？」
私が母に聞いたら、
「さあね？
でもどっから出てきたのかな？」
と言った。
ホントにどこから出てきたのかな？
私はこんなの持ってないし…。
その時に弟が、
「あっ、そのハサミねー
お父さんが鼻毛を切ってたやつだよ。」
とおそろしい事を言った。
うわあ〜、きたな〜い。

＊　＊　＊　＊　＊　＊　＊　＊　＊　＊　＊　＊　＊　＊　＊　＊

先生のじゅ文

石井　裕之（四年）

今日
先生が作ったじゅ文の紙を見たら
「チンチンブラブラいい気持ち
おしりにあたって
さあ大変。
先生が出てきてこんにちは。
ぼっちゃん
いっしょに遊びましょ。」
と書いてあった。
家に帰って
お母さんに見せたら、
「この紙、燃やしていい？」
と聞いてきた。

おならの連発

小寺　美香恵（六年）

朝お父さんが
「お母さんの2・3発のおならで
夜ねむれなかったよ。」
と言った。
「ふとんが吹っ飛ぶかと思ったよ。」
とも言った。
弟は大笑いしていた。

お母さんがそれを見て
「こうちゃんだって
小さなおならをしていたよ。
お父さんだって
日曜日の夜に
大きいおならをしたんだよ。
お父さんのパンツが破れるか思ったよ。」
と言った。

「でもお母さんのおならで
びっくりして起きちゃったんだよ。」
とお父さんが言ったら、
「自分のおならで起きたんじゃない。」
とうそを言った。
私はずっと笑っていた。

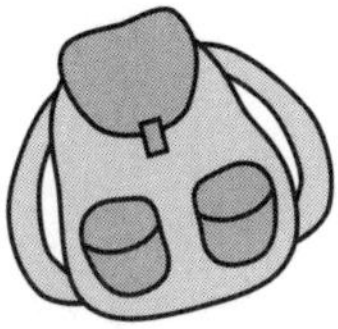

バラの花

村松　雅哉（三年）

このあいだ父さんが
バラの花をオシリに
たてにさしていた。
妹がぬこうとしたら父さんが、
「ダメ！」と言ったので
妹はとらなかった。
でもしばらくして妹は
バラの花を本当にぬいてしまった。
父さんは
「イテテ…。」
と言い
「トゲがささんなくて良かった。」
と言った。
ぼくは父さんと妹は
バカだと思った。

＊　＊　＊　＊　＊　＊　＊　＊　＊　＊　＊　＊　＊　＊　＊

ぼくのピラミッド

熱田　将（三年）

ぼくが3才の時、
トイレに行きたくなった。
だからトイレで
うんちをした。
そしたらピラミッドみたいな
うんちだった。
ぼくは
とっておきたかった。

うんこ

大島　優衣（三年）

お父さんと私とお兄ちゃんで
夜にテレビを見ていた時、
お兄ちゃんが
「ブー！」
とおならをしました。
そしたらお兄ちゃんが、
「みが出た。」
と言いました。
私が
「みって、うんこのこと？」
と聞いたら、
「うん！」と答えた。
そしてパンツをぬいでいた。
私はびっくりした。
お母さんに言ったら、
お笑いしていた。

＊　＊　＊　＊　＊　＊　＊　＊　＊　＊　＊　＊　＊　＊　＊　＊

増田先生のへんしん？

山本　脩太郎（三年）

先生が給食の時に来て、
話をしていた。
そしたらいつの間にか、
仮面ライダーの話になった。
先生のへんしんは
すごいそうだ！
「へーんたい！」と言って、
ズボンとパンツをおろすそうだ。
ぼくはそんな仮面ライダーを
見たことがない！

父さんのプレゼント?

村松　雅哉（三年）

今日父さんが妹のれなに、
「プレゼントあげるから、
目をつぶって!」
と言ったので、
れなが手を出した。
そしたらおならをにぎって、
れなの鼻にやった。
そしたら部屋が
すごくくさくなった。
ぼくは息ができなくて、
死にそうになった。

* * * * * * * * * * * * * * * *

うんちが出そうになると…

佐々木　五郎（仮名・三年）

ぼくはよくうんちが出そうになります。
そしたらぼくは、
けつの穴にチョップをするという
変な行動をとります。
それだけでなく、
歩き方まで変になります。
だからお父さんとお母さんに
笑われます。
ぼくはけつをたたくと、
うんちが出なくなると思っています。

きたない記録

熱田　将（三年）

ぼくとお母さんと妹が二階にいたら、
弟がニコニコしながらとんできて言った。
「兄ちゃん、すごいよボク。
すごく長いウンチをしたよ。
なんと三十九cmもあって
太さは五cmもあるんだよ。」
弟は
「ウンチの大ぼうけん」
という本に書いてあった
三十五cmに勝ったらしい。
ほんとかなー？

＊　＊　＊　＊　＊　＊　＊　＊　＊　＊　＊　＊　＊　＊　＊　＊

オシリの穴をひろげるぼく

長川　翼（三年）

毎日家に帰ると
ぼくはすぐにオナラをする。
夜おふろからあがってきて
「オナラが出そうだな。」
と思ったら
家族にオシリの穴をひろげて
「ブリブリブリ…」
とオナラをする。
すると家族は
大笑いする。

おふろとオナラ

山下　達也（三年）

今日おふろに入って
オナラをした。
でも出なかったので、
気合いを入れた。
そうしたら別の物が
出てしまった。
お母さんとお父さんには
言っていないけど
気持ち悪いな。

11

こんな夢を見た

すごい夢を見た

桑原　桃子（六年）

私はずっと前に
すごい夢を見た。
家族全員で出かけたら、
お姉ちゃんが事故にあった夢だった。
お姉ちゃんが倒れて
私がボー然と立っていると、
お姉ちゃんが泣きながら立ち上がった。
本当のことなら
「えっ？」
とか思うけど、
夢の中だったから
そんなこと思わなかった。
それから全員が何もなかったように歩いた。
なぜか家の前に車があって、
それに乗った。
そして車の中でもお姉ちゃんが泣いていた。
そしたらお母さんが、
「車にひかれたぐらいで泣くんじゃないの！」
と言ったのでお姉ちゃんが、
「女の子はふつう泣くもん。」
と言い返した。
とんでもない会話なのに夢の中だから
何とも思わなかった。
そこで夢が終わった。

人に話さないと正夢になると言うから
お姉ちゃんとお母さんに話した。
「これで安心だ。」
と思ったけどよく考えれば、
「こんな事話さなくても
正夢にならないよなー。」
と思った。

いやな夢

塚越　祥太（六年）

最近ぼくが見る夢は、
いやな夢ばっかりです。
ナイフでさされたり、
銃でうたれたりした夢で、
こわかったです。

でも一番こわかったのが
車にひかれた夢で、
最初に小さい車にひかれて
次に大型の車で
最後にはトラックにひかれて
死んでしまった。
「たまにはいい夢見たいな。」
と思っていたら、
宝くじで一兆円あたった夢を見た。
だけど気を失って死んでしまった。

死んだ夢が
正夢にならないで欲しい。

こわい夢

吉田　宗樹（四年）

1～2年くらいの時に
変型するおもちゃで遊んでいた。
変型させようと思ってやったら、
なかなかできなくて
足がとれてしまった。
ぼくは、
「ざまあみろ。
ぼくのおもちゃのくせに
言うことを聞かないからだ。」
と言いました。

そしたら夜になって
夢の中にそのおもちゃが出てきて、
「よくも足をとったな。
くっつけろ！」
と言ってけられ、
ぼくは動けなくなったので安心した。
朝起きたら夢だったので安心した。
でもこわかったので、
足をボンドでつけた。
「あー、こわかった。」

信じられない夢

吉田　宗樹（四年）

きのうぼくの夢に
村松君が出てきました。
村松君は、
「村松、見参！」と言って
5階のベランダからとびおりて
「うわ〜。」と言いました。
そして下におりて
なんと無事でした。
その近くにいた女の人が、
「すてき！
結婚しましょう。」
と言いました。
そのあと起きてしまいました。
あのあと、どうなったのかな？

＊　＊　＊　＊　＊　＊　＊　＊　＊　＊　＊　＊　＊　＊　＊　＊

おかしな夢

山本　脩太郎（三年）

ぼくはねると
だいたい空手の夢を見ます。
すると必ず
道場の人と増田先生が出てきます。
それでみんなでけいこをしていると、
先生が一人で
ごはんを食べています。
それで食べながら先生が、
「また道着わすれちゃった。」
と言います。
それに先生は
赤おびをしめて
組み手の時に
「真空とびひざげり！」
と言ってぼくに
ひざげりをしてきます。

弟のゆめ

足立　瑠花（三年）

弟のゆめを見ました。
ようちえんの弟が小学生になって
いっしょに遊んでいました。

急に弟が
「屋上に行きたい。」
と言ったので
屋上に行ったら
弟がとびおりました。
下で見ていた人たちが
ねっころがって
弟のことを助けました。
するとなぜだかわからないけど、
屋上にはねかえってきて
着地しました。

その時私は
「弟はふつうの人間じゃない。」
と思いました。

そこで目がさめました。
やっぱりゆめでした。
フ〜。

先生のゆめ

菊田　歩（四年）

私はゆめを見た。
増田先生が出てきて、
パンツをさげて
「おしりふりふりふりふり〜
おしりふりふりふり〜。」
と増田先生が言いました。
それを見ていたしほちゃんが、
「くだらない！」と言って、
増田先生のおしりをけりました。
増田先生は、
「いってーな、しほ。
おれの美しいおしりを…。」
と言って
おならをして去って行きました。

【編著者紹介】
増田修治（ますだ・しゅうじ）
　1958年、埼玉県川越市生まれ。1980年、埼玉大学教育学部を卒業後、朝霞市立朝霞第四小学校、朝霞第七小学校を経て、現在、朝霞市立朝霞第二小学校教諭、埼玉大学非常勤講師。“ユーモア詩”を中心とした学級づくりが、テレビ、ラジオ等のメディアや各方面からの注目を集め、ＮＨＫ『にんげんドキュメント』(2002年)、テレビ朝日『徹子の部屋』(2003年)、ＮＨＫラジオ『ラジオ夕刊』(2003年６月より）などで紹介されている。2001年、児童詩教育賞（日本作文の会）を受賞。
　著書に『話を聞いてよ、お父さん！　比べないでね、お母さん！』『笑って伸ばす子どもの力』(主婦の友社)、『子ども力！　詩を書くキッズ』(弓立社)、『ユーモア詩がクラスを変えた』(ルック)、『小さな詩、大きな力』（柏艪舎）などがある。

子どもは見ている、考えている！
ユーモアいっぱい！ 小学生の「笑える詩」
お父さん、お母さんのことからおかしな出来事まで

2004年９月17日　第１版第１刷発行

編 著 者○増田修治
発 行 者○江口克彦
発 行 所○ＰＨＰ研究所
京都本部　〒601-8411　京都市南区西九条北ノ内町11
〈内容のお問い合わせは〉教育出版部 ☎ 075-681-8732
〈購入のお問い合わせは〉普及グループ ☎ 075-681-8818
制作協力○株式会社ワード
印 刷 所○図書印刷株式会社

ISBN4-569-63724-8